Karin Reschke

SpielEnde

© Raidar Huber

Karin Reschke wurde in Krakau geboren, sie lebt in Berlin. Ihre wichtigsten Bücher: *Memoiren eines Kindes*, 1980; *Verfolgte des Glücks, Findebuch der Henriette Vogel*, 1982; *Asphaltvenus*, 1995; *Kuschelfisch*, Erzählungen, 1996; *Birnbaums Bilder*, 1998. Sie erhielt den FAZ-Literatur-Preis und den Bettina von Arnim-Preis.

»Die Autorin erzählt mit ganz leiser Stimme vom Absturz ins Glück. Der Leser muß doppelt genau aufpassen, um die Übergänge vom Alltag in die Katastrophe nicht zu übersehen. Und die Katastrophe ist, wie so oft, am Ende die Liebe.« WERNER FULD IN FOCUS

»Die Autorin erreicht etwas, was allein Literatur zu leisten vermag, sie erzeugt durch Sprache Bilder, die einen bewegen.« BODO KIRCHHOFF

Karin Reschke

SpielEnde

Roman

ULLSTEIN
BERLIN

Der Ullstein Berlin Verlag ist ein Unternehmen der
Econ Ullstein List Verlag GmbH & Co. KG

Umschlaggestaltung: Büro Jorge Schmidt, München
Satz: Pinkuin Satz und Datentechnik, Berlin
Gesetzt aus der 11 Punkt Janson Text
Druck und Bindung: Clausen & Bosse, Leck
ISBN 3-89834-023-6

Gedruckt auf alterungsbeständigem Papier
mit chlorfrei gebleichtem Zellstoff

Die Urne
Andreasspalte
Jagdgründe

Heiße Gefühle und Pistolenschüsse

Iris Murdoch

Die Urne

Wir wollten Pfingstsonntag um elf bei Cornelia frühstücken. Sie hatte uns eingeladen, ihre Freunde Lorenz, Karla, Toni, Wanda und mich, die Unvermeidliche, die Beobachterin des Unvermeidlichen, Cornelia zehrte von meinen Beobachtungen. Es war auch ihr Geburtstag, aber das fiel mir erst wieder ein, als ich an ihrer Tür stand, die Pfingstrosen für sie auspackte. Ihren Geburtstag wollte sie nicht feiern, sie feierte ihn schon lange nicht mehr, Gratulationen verbat sie sich, ebenso Geschenke.

Vor einem Jahr hatte ihr Armin Wolf mit einem großen Blumenstrauß zum Sechzigsten gratuliert. Cornelia wurde weiß wie ihre Augäpfel und warf die Blumen aus dem Fenster. Armin biss sich auf die Lippen, legte ihr stillschweigend seine Verehrung zu Füßen, setzte ihr eine Kröte aus dem Tierladen auf den Schreibtisch und ernannte diesen Tag zum Tag des Froschkönigs.

Ich klingelte zweimal kurz hintereinander, unser Zeichen. Es blieb still. Wahrscheinlich stand sie in der Küche, holte den Guglhupf aus dem Ofen. Cornelia liebte warmen Guglhupf zum Frühstück, servierte ihn mit einem trockenen Weißwein. Außerdem hörte sie in der Küche meistens Radio.

Nach mir kam Toni die Treppe herauf, wir umarmten uns, klingelten wieder, sahen die erhitzte Cornelia in ihrem Flatterkleid schon in der Tür.

Es riecht gar nicht nach Guglhupf im Flur, wie sonst, sagte ich, will sie uns diesmal mit etwas Neuem überraschen, oder hat sie den Guglhupf in aller Herrgottsfrüh gebacken?

Wir klingelten Sturm. Aus der Wohnung drang kein Laut.

Karla erschien auf der Treppe, danach Wanda, zuletzt Lorenz. Wir standen alle vor ihrer Tür, geputzt und geschniegelt, nichts rührte sich.

Lorenz sagte: Sie ist bestimmt beim Bäcker, um frische Brötchen zu holen, weil ihr diesmal der Guglhupf misslungen ist.

Ja, ja, so ein Hefeteig hat's in sich, sagte Wanda. Vielleicht fehlte es an Rosinen, murmelte Karla. Toni schnitt eine Grimasse: Keine Chance, Freunde, sie hat uns vergessen.

Oder einen Liebhaber im Bett, witzelte Lorenz.

Oder wir sind erst morgen eingeladen, sagte ich, Pfingstmontag.

Ach, Feline, fünf Nasen können doch nicht einer falschen Spur gefolgt sein, widersprach Wanda.

Jede Spur endet irgendwann im Unerklärlichen, sagt Cornelia, sagte ich.

Wir können auch ins Grüne fahren, rief Lorenz, frühstücken wir eben in Nikolskoe!

Warum sollte uns Cornelia versetzen, wandte Karla düster ein.

Stimmt, fügte ich hinzu.

Dann müssen wir etwas unternehmen, sagte Lorenz leise. Toni, der Schmächtige, nahm Anlauf gegen die Wohnungstür.

Moment, Toni! Mir kam Frau Maaßen in den Sinn, die im ersten Stock wohnte und einen Zweitschlüssel für Cornelias Wohnung verwahrte. Ich lief hinunter, klingelte bei Frau Maaßen. Die Frau erschrak, als ich sie nach einer Vorrede darum bat, Cornelias Wohnung aufzuschließen. Es wird ihr doch nichts passiert sein, sagte sie.

Frau Maaßen kam zögernd mit hinauf, sah die Freunde an der Tür stehen mit ihren Blumen, Sektflaschen und lächelte wie eine besorgte Mutter. Sie schloss auf, weigerte sich aber, mit hineinzukommen. Ich nahm ihren Arm, zog sie hinter mir her.

Die Diele strahlte hell, das Frühlingslicht flutete herein durchs Hoffenster, Flieder stand in einer Bodenvase.

Karla ging auf Zehenspitzen von der Diele ins Schlafzimmer, Wanda durch den Flur in die Küche. Die Männer rissen die Flügeltür zum Wohnzimmer auf. Der Tisch war für uns gedeckt. Lilien leuchteten hell und üppig, Rosenteller, Weißweingläser, Kaffeetassen erwarteten uns.

Toni pfiff durch die Zähne.

Ich wollte ins Badezimmer, überlegte es mir aber anders. Frau Maaßen blieb schüchtern in der Diele stehen. Ich lief am gedeckten Tisch vorbei, öffnete die Tür zur Veranda. Cornelia lag auf ihrem Diwan im blütenweißen Schlafanzug, ganz entspannt. Ihre Augen starrten an die Decke. Ich trat zu ihr. Cornelia! In ihrer Schläfe klaffte ein Loch, ein erstauntes Lächeln hing in ihren Mundwinkeln, die Lippen waren leicht geöffnet. Ihre Arme lagen ausgebreitet, als wollte sie jemanden umarmen, die Hände griffen ins Leere. Dann sah ich den Revolver, neben ihrem rechten Bein. Cornelia spielte mich in Grund und Boden. Mir wurde schwarz vor Augen.

Später saß ich auf der Couch im Wohnzimmer, frierend, schweißbedeckt. Toni reichte mir ein Glas Wasser. Ich hatte den Geschmack von Schmierseife auf der Zunge, trank das Glas in einem Zug leer.

Toni ließ sich neben mir nieder, greisenhaft plötzlich, den Kopf halslos auf den Schultern. Die anderen hockten auf Cornelias Stühlen.

Auf der Veranda hantierten fremde Leute, wo kamen diese Leute her? Ich wollte aufspringen, sie aus der Wohnung jagen, was hatten sie hier zu suchen? Toni hielt mich in Schach, er war stark genug, mich am Aufspringen zu hindern.

Die Polizei, sagte er, ein Arzt. Wir haben natürlich sofort die Polizei gerufen.

Frau Maaßen war aus der Diele verschwunden. Karla stierte vor sich hin. Lorenz faltete unentwegt eine Serviette, sein Gesicht war grau geworden, seine Augen blickten stumpf. Wanda hatte den Kopf gesenkt und die Hände elegant in den Schoß gelegt. Nur Toni schien ganz der Alte zu sein, aufmerksam, zuvorkommend, der freundliche Junge mit dem weißen Haupt, wie Cornelia ihn gerne sah.

Danke für das Wasser, Toni.

Er nickte mir mit ernsten Augen zu.

Was ist passiert? Was ist mit Cornelia geschehen?

Wir wissen es nicht, Feline, entgegnete Toni ruhig. Die Polizei ist erst seit zehn Minuten hier.

Warum sitzt ihr alle da wie die Ölgötzen, schrie ich. Tut doch was!

Beruhige dich, sagte Lorenz, ohne seine Lippen zu bewegen.

Wir müssen warten, bis die Herren von der Polizei ihre Arbeit gemacht haben, sagte Toni sanft, dann müssen wir ihre Fragen beantworten.

Was für Fragen?

Feline, Karla schluckte ungehalten, sei doch mal still, wir können doch an der Situation nichts ändern.

Cornelia ist tot, fiel ihr Toni ins Wort. Erschossen!

Unmöglich, sagte ich.

Du hast sie doch entdeckt, dann habe ich dich gerade noch auffangen können, seufzte Toni, habe dir einen Cognac eingeflößt. Lorenz hat die Polizei angerufen.

Ich blickte von einem zum anderen, dieser Traum war nicht für mich gemacht.

Es ist ihr Geburtstag, sagte ich.

Alle starrten mich an, als hätte ich eine unziemliche Äußerung getan. Wanda hob Hilfe suchend ihre Schlangenarme, ballte die Fäuste.

Heute hat Cornelia Geburtstag, sagte ich laut. Ich wollte eine Stimme hören, meine eigene, meine Fistelstimme hoch drei. Karla schüttelte angewidert den Kopf. Lorenz heftete seine stumpfen Pupillen auf mich, seine Hände hatte er mit der Serviette bandagiert.

Die Männer auf der Veranda taten unverständliche Dinge. Von Cornelia war nichts zu sehen.

Dann klingelte es an der Wohnungstür. Wieder wollte ich aufspringen, Toni drückte mich nieder. Einer der Männer von der Veranda ging gemessenen Schrittes, ohne uns eines Blickes zu würdigen, in die Diele. Vielleicht kam Frau Maaßen zurück, ich hätte sie jetzt lieber um mich gehabt als die anderen.

In der Tür erschienen zwei weitere Männer, sie trugen einen Blechsarg. Mir wurde übel. Wäre Toni nicht gewesen, wäre ich gern in Ohnmacht gefallen. Toni ließ es nicht dazu kommen. Er klopfte auf meine Backen, ja, er schlug mich sogar. Ich hätte beinahe zurückgeschlagen.

Cornelia lag wie eine gequetschte Puppe im Blechsarg, ihr weißer Pyjama leuchtete mit den Lilien um die Wette. Vor Wochen hatte ich ihr diesen Pyjama geschenkt. Nicht auszuhalten, dass sie mit ihm in der Blechbüchse verschwand. Als die Männer den Deckel über ihr schlossen, brach es aus mir heraus.

Sie erstickt, schrie ich, ihr schnürt ihr die Luft ab!

Der Arzt, ein gutmütiger Bär mit großem, rundem Kopf, verpasste mir flugs eine Spritze, ich vereiste binnen Sekunden von allen Seiten.

Mit den Freunden, wie sie da saßen, verband mich nichts mehr, ich wusste nicht, was ich mit ihnen noch zu schaffen hatte. Was suchten sie an Cornelias Esstisch, wer hatte ihnen befohlen, wie Salzsäulen auf Stühlen zu hocken? Cornelia wünschte sich bestimmt keine Larven als Zuschauer bei ihrer Einsargung. Toni zeigte als Einziger Anteilnahme. Er weinte, als man den Sarg hinaustrug. Er nahm meine Hand, die Tränen ließen wir rinnen zu dieser Geisterstunde am Vormittag.

Kaum war die Wohnungstür hinter den Sargträgern ins Schloss gefallen, trat ein Mann in Zivil an den Tisch, im Hintergrund krochen die Spurenleser übers Parkett. Der Mann hieß Lampe, war Kommissar, seine Ohren passten zu seinem Namen. Auch die dunklen Knopfaugen erinnerten an das Steifftier aus Kindertagen. Mir war Cornelia im Augenblick ganz nah, ich hörte sie lachen, während der Kommissar die Freunde ansprach.

Lorenz auf seinem Stuhl erinnerte mich plötzlich wieder an den Lorenz, den ich kannte. Vor Jahren hatte er mit Cornelia geschlafen, ich wusste es gleich, roch es, bevor man darüber klatschte in unseren Kreisen. Eigentlich wohnte er Karla bei, war aber mit einer reichen Unbekannten verheiratet, die ihm seine Fasanerie, den so genannten Kunstgarten finanzierte. Karla hatte seinerzeit ihre ersten amorphen Bilder in seinem Kunstgarten ausgestellt, ein junges Talent von der Akademie, wahrscheinlich begabt, denn ihre Gemälde waren unentzifferbar. Das Vernissagepublikum strömte dennoch herbei, bewunderte die Samtaugen der Malerin, und die Geschäfte liefen, als seien wilde Pinselstriche die große Kunst der Verführung. Karla porträtierte aus Liebe zum Dreisprung unsere Cornelia bis zur Unkenntlichkeit. Lorenz erwarb das Bild und hängte es in sein Büro. Die Schläferduos taten einander nicht weh, im Gegenteil, sie huldigten dem immer währenden Beischlaf im Wandel der Zeiten. Nur die unbekannte Ehefrau tauchte nie auf. Aber eines Tages feierte Lorenz wie ein Großfürst seine Scheidung, danach nahm er Karla unter seine Fittiche.

Cornelia schenkte dem vertrauten Paar eine Gallévase, weil sie an Lorenz hing, der alle Welt kannte und alle Welt mit seiner Gockelei beglückte.

Jetzt sollte er dem Kommissar Rede und Antwort stehen, denn Cornelia konnte ihm nichts mehr soufflieren, er musste seinen eigenen Wortschatz anzapfen.

Der Kommissar hatte einen Assistenten im Schlepptau, ein graziles Kerlchen, flaumhaarig, sehr jung, mickriges Gesicht, knallrote Ohren. Er würde fleißig mitschreiben, was Lorenz über die Lippen brachte. Die Ausfragungen fanden hinter verschlossener Tür statt. Die Veranda war tabu. Lampe gab sich feinfühlig, bat jeden von uns in die Küche. Wir hörten darum nicht, was Lorenz auspackte, auch nicht, was Karla zu sagen wusste.

Wanda sah beleidigt aus, als sie nach hinten zum Verhör trabte. Cornelia zählte sie zu ihrem Stamm, mochte sie wegen ihrer Geheimnistuerei. Angeblich liebte sie ein hohes Tier, einen Unterstaatssekretär im Wirtschaftsministerium, unter der Decke freilich, denn wie alle hohen Tiere war der Herr verheiratet. Nebenbei unterhielt Wanda einen Modeladen in der Wielandstraße, Cornelia kaufte bei ihr die Flatterkleider, kostbar wie die Luft zum Atmen, doch zu Vorzugspreisen. Freundinnen gewähren einander alle Gunst dieser Welt, wenn es um Schönheit und Erfolg geht.

Geliebte bedeutender Männer waren für Cornelia die ersehnten Jungbrunnen, sie badete so gern im Glück der anderen, verzehrte sich im Geiste nach ihrem eigenen, unvergessenen Liebesunglück mit Martin, dem Elenden, einem Vorstandsmitglied des Chemiekonzerns Lavex oder Lavax, einem Pillenkönig von der Stange. Cornelia hätte sich damals schon umbringen können mit all dem Zeug in ihrer Hausapotheke. Damals verzauberte der Pillenkönig unsere Cornelia in eine schillernde Libelle, sirrend und schwebend über dem Boden der Tatsachen. Zwei Jahre sirrte sie um uns herum und verfehlte doch ihr Glück. Martin machte sich unerwartet aus dem Staub, nach zwei Jahren. Unser armes Insekt musste zur Erde zurückfinden und reifte fortan zu bodenständiger Form heran. Wandas Flatterkleider waren es, die Cornelias Urmütterlichkeit gnädig verbargen.

Lorenz besaß eine Göttin der Fruchtbarkeit aus Schwarzafrika, für die Cornelia schon vor Jahrhunderten hätte Modell stehen können.

Nach Wandas Auftritt in der Küche war Toni an der Reihe. Bevor er ging, drückte er mich so inbrünstig, als müsse er aufs Schafott.

Die anderen kamen nicht zurück ins Wohnzimmer, sie befolgten die Spielregeln, die der Kommissar zu Beginn seiner Verhöre ausgegeben hatte.

Wir waren Zeugen eines Unglücks, sollten einander nichts einreden.

Toni entschwand. Ein Mann, der Geistesblitze austeilte, die Politik aufs Korn nahm, Aufsätze schrieb, Kolumnen verfasste, im Radio Politisches kommentierte, mit seinesgleichen stritt oder diskutierte, mit Cornelia immer wieder zankte, weil sie diese seichten Artikelchen veröffentlichte, die geradezu verschlungen wurden von ihren Lesern. Sie schreibe mit einem stumpfen Küchenmesser, sagte Toni. Cornelia nannte ihre Alltagsweisheiten Brotkrumen für Karpfen, ihr angeborener Mutterwitz war ihr Kapital, die Karpfen schnappten eben nach jedem Bissen.

Man muss die Menschen so verbrauchen, wie sie sind, lautete Cornelias Wahlspruch. Toni wollte sich nicht damit zufrieden geben. Du kannst mehr, sagte er, kannst deine Leser herausfordern, sie gegen ihren Trott aufbringen, du siehst schärfer als sie, du kennst ihre Schwächen, du musst ihre Schwächen aufspießen, musst ihnen den Spiegel vorhalten, sie hopsnehmen mit ihrer Kleinbürgerei. Nicht bestätigen, nicht schmeicheln, dein wohl temperiertes Sinnieren weglassen, kleine, giftige Pfeile in ihre trägen Gemüter katapultieren.

Cornelia schüttelte jedes Mal den Kopf. Nicht meine Sache, Toni, du überschätzt meine Möglichkeiten, auch meine Fähigkeiten. Pädagogik liegt mir nicht, Ironie läuft sich tot, außerdem bin ich wie meine Leserinnen und Leser selbst Kleinbürgerin mit Hang zum Schwarzsehen; darum gelegentlich das rosarote Brillchen, wenn es gar zu dunkel wird um uns her.

Cornelia wollte gefallen, aber nirgends anecken. Cornelia wollte geliebt, nicht gefürchtet werden.

Vor Jahren half Toni ihr einmal aus einer misslichen Lage. Es war bei einem Fest der Blattleute im kurfürstlichen Schlösschen am See. Sie hatte die Ehefrau des Herausgebers beleidigt, sie die Plaudertasche der Stadt genannt. Auch das Wort Klapperschlange ließ sie fallen. Der Herausgeber gebärdete sich mit eisiger Miene, da sprang Toni in die Bresche, schimpfte Cornelia mit Stentorstimme ein Kamel, das noch immer ans Nadelöhr glaube, machte den Herausgeber flugs zum Affen, sich selbst erhob er zum Stinktier. Die Situation war halbwegs gerettet, die Kollegen lachten, der Abend ging für Cornelia glimpflich aus. Sie entschuldigte sich sogar später bei der Plaudertasche, das Stinktier gab ein Glas Champagner aus, der Affe küsste das Kamel versöhnlich hinters Ohr.

Toni hatte dem Kommissar wohl viel zu sagen. Mir kam es vor, als säße ich Stunden allein im Esszimmer an diesem gedeckten Tisch, müsse etwas zerschlagen, einen Teller an die Wand werfen. Wenn jemand gestorben ist, muss man etwas zerschlagen, einen Gegenstand zerbrechen, sich in den Finger schneiden mit einer Scherbe. Ich wagte es nicht, die Stille war zu heilig. Stattdessen sammelte ich die Teller ein, stapelte die Tassen und entdeckte einen Brief. Er lag an meinem Platz unter dem Schmuckteller, den Cornelia für mich vor vielen Jahren ausgesucht hatte. Der Brief war verschlossen. An mich adressiert. Ich las meinen Namen. Natürlich entfuhr mir ein Schrei.

Der Kommissar stand augenblicklich in der Tür, gefolgt von seinem schmalbrüstigen Assistenten, hinter beiden die graue Eminenz, das Stinktier.

Unter meinem Teller, rief ich. Das hier!

Der Kommissar nickte verhalten. An Sie?

Toni stand auf einmal bei mir, betrachtete den Brief, dann sagte er förmlich: An Frau Feline Schneider, unverkennbar Cornelias Schrift.

Wollen Sie ihn nicht öffnen? Der Kommissar richtete seine Knopfaugen auf meine zitternden Hände.

Toni ermutigte mich: Mach ihn auf Feline, bitte.

Ich griff nach einem Messer, schlitzte den Umschlag vorsichtig auf, zog ein handgeschriebenes Blatt heraus, überflog die steil aufragenden Zeilen. Dann las ich mit meiner dünnen Stimme:

Pfingstsonntag vor Sonnenaufgang

Meine liebe Feline,
mit sechzig hat man die Zukunft hinter sich, der Rest ist Wiederholung: Haare färben, neue Kleider anziehen, die Freunde langweilen mit dem zahnlosen Geschwätz aus besseren oder schlechteren Zeiten. Mir graut vor dem Kommenden, vor dem Verkümmern, mir graut vor mir selbst, drum packe ich mich beim Schopfe, solange ich noch zupacken kann, gehe, ehe mich die Verzweiflung ganz in die Knie zwingt; lasse Dich zurück mit allem, was hinter uns liegt. Verzeih mir. Grüß Rufus, er wird verstehen.

Deine Cornelia

P.S. Alles, was mein ist, gehört Dir!

Dann sahen wir sie durchs Zimmer gehen, schweigend. Ihre Handschrift schien lebendig zu werden, verflüchtigte sich zum kurzen, schmerzlosen Abschied. Toni brach das Schweigen. Messer, Gabeln, Teller klapperten.

Alle Achtung, sagte er. Alle Achtung, Cornelia.

Lampe kratzte sich hinterm Ohr. Der Assistent nahm den Brief an sich.

Er gehört mir, sagte ich.

Sie bekommen ihn zurück, erwiderte das Jüngelchen.

Lampe nickte zustimmend: Wir brauchen ihn für unseren Bericht.

Mein Blick fiel auf die Dinge, mein Blick fiel auf die Polizisten, auch auf Toni fiel mein Blick, in seinen Augen las ich den Brief wieder und wieder.

Cornelia hatte mich aus unserem Freundschaftsdienst entlassen, machte mich zur Verlassenen, bürdete mir die Last der Hinterlassenschaft auf und entschädigte mich mit einem Postscriptum.

Das Zimmer schwankte unter meinen Füßen, die schöne Leich lag in meinen Armen, Sturzbäche brachen durch die Fenster, durch die Türen, helfende Hände nahmen sich meiner an.

Toni ging, wir wollten uns später in Leos Café treffen.

In der Emser Straße 16, dritter Stock, rechts, hatte der Pfingstsonntag seinen Siedepunkt erreicht. Die Glocken von Sankt Ludwig prasselten in die Stille von Cornelias Wohnung.

Nach der Schmerzattacke donnerten die Fragen auf mich hernieder: Kennen Sie die Waffe, Frau Schneider? Wussten Sie von den Selbstmordabsichten Ihrer Freundin? Wann haben Sie Frau Findeisen zuletzt gesehen, zuletzt gesprochen? Wer verbirgt sich hinter dem Namen Rufus?

Gesehen habe ich Cornelia vor zwei Tagen, sagte ich. Wir waren zusammen im Kino, gesprochen haben wir gestern Abend am Telefon, sie war unverändert, scherzte, lästerte, lachte.

Wir saßen einander gegenüber am Esstisch, der Kommissar, sein Adlatus, zwischen uns stand das gestapelte Geschirr. Die Glocken machten mir das Sprechen schwer, am liebsten hätte ich dem Protokollanten den Stift aus der Hand genommen, meine wenigen Antworten auf die weiße Tischdecke geschrieben.

Lampe kam auf die Waffe zurück, schwenkte den Plastikbeutel, in dem sie eingeschlossen war, blickte fragend über den Tisch.

Von der Waffe hat mir Cornelia nie erzählt, sagte ich. Ich kann mich nicht erinnern, sie je bei ihr gesehen zu haben.

Aber Sie hatten Kenntnis von der Waffe, hakte der Kommissar nach.

Cornelia besitzt Waffen aller Art, wie jeder von uns. Küchenmesser, Wäscheleine, Rasierklinge, Schere, Brieföffner. Von dem Schießeisen habe ich nichts gewusst.

Eine Makarow, murmelte Lampe, russisches Fabrikat. Nie gehört? Nie gesehen?

Cornelia ist die Spezialistin gewesen, mich dürfen Sie nicht fragen, ich verstehe nichts davon.

Eine Makarow kann man heute an jeder Straßenecke bekommen, sagte das Jüngelchen.

Kommissar Lampe schnitt ihm das Wort ab: Diese nicht, knurrte er. Ein Liebhaberstück, eine Sonderanfertigung, auf dem freien Markt schwer zu haben.

Der junge Mann ließ den Griffel sinken, starrte seinen Chef an, dann mich.

Lampe lächelte zum ersten Mal. Sie bleiben also bei Ihrer Aussage, Frau Schneider, oder fällt Ihnen doch noch ein, woher die Waffe stammen könnte?

Wir drehten uns im Kreis, ich war müde, verspürte wenig Lust, dem Kommissar zu erklären, dass sich Cornelias Vorlieben für besondere Gegenstände möglicherweise auch auf einen Revolver, eine Pistole, eine Kanone ausdehnten. Sie liebte japanische Zierkissen aus Frauenhaar, ägyptische Stühle in Meerschaum gegossen, chinesische Vasen standen überall herum, warum nicht eine russische Handfeuerwaffe im Kühlschrank?

Lampe spielte mit seinen Steifftierohren, seine dunklen, fragenden Augen gaben sich selbst die Antworten, mir war alles recht. Cornelia erzwang diesen Liebesdienst, also erfüllte ich nur eine Pflicht, schüttelte immer wieder den Kopf.

Lampe änderte seine Haltung, wurde weicher, wollte wissen, ob Frau Findeisen an einer Krankheit gelitten habe.

Cornelia war nie ernsthaft krank gewesen, sagte ich. Das Wort kam in ihrem Repertoire nicht vor, die so genannten Alterswehwehchen ignorierte sie. Wer in ihrer Gegenwart Krankengeschichten erzählte, wurde von ihr zurechtgewiesen oder aus dem Zimmer geschickt. Selbst wenn sie von einer Krankheit überfallen worden wäre, hätte sie nicht darüber gesprochen, auch nicht mit ihren besten Freunden.

Das Kerlchen schrieb, sein Eifer ermüdete mich noch mehr. Die Tür zur Veranda stand offen, ich sah den Diwan, Cornelias Lieblingsplatz, ihre Wiege, die sie Seelenschaukel nannte.

Wer ist Rufus, kam es von weit her. Ein Jammer, dass man im Ernstfall so viel preisgeben musste. Alles wäre besser zu ertragen gewesen, hätte Rufus in dem Augenblick, da nach ihm gefragt wurde, das Zimmer betreten. Cornelia ersparte mir nichts, ich musste ihn ins Spiel bringen, sie hatte ihn selbst ins Spiel gebracht.

Cornelia hat mir Grüße an ihren Bruder aufgetragen, sagte ich.

Lampe legte den Kopf schief: Kann man ihn erreichen?

Ich gab ihm eine Adresse im Südschwarzwald, mehr war nicht zu sagen.

In den letzten zwanzig Jahren hatte sich Rufus in einen stillen Winkel meines Herzens zurückgezogen. An bestimmten Tagen im Jahr, rot angestrichen in meinem Kalender, kam er zum Vorschein, dann wiederholten wir unsere Liebe. Cornelia kam darin nicht vor. Cornelia hätte uns seinerzeit mit ihrer Makarow erledigt, ihr Bruder gehörte ihr, andere Frauen, schon gar nicht eine ihrer Freundinnen, durften Hand an ihn legen. Er war ihr Heiligtum, der kleine Bruder, das gehätschelte Kind. Darum ging er fort, verschwand aus ihrem Leben, machte sich unsichtbar. Nur nicht für mich, für mich machte er sich sichtbar.

Wir liebten uns an schaurigen Orten, die Cornelia niemals kennen lernte. In seiner Hütte bei Waldshut, im Zollstübel von Romanshorn, unter der dünnen Luft der Schönfeldspitze, oberhalb des Königssees, im Rampenlicht des Mondes am Obersalzberg, im

Beichtstuhl von Sankt Peter zu Salzburg, in einem Hotel für Frettchen im Norden von Paris, im Sylter Hof an einer Berliner Schlafstraße, auf Zugfahrten durch Oberitalien bis nach Rom. Im Eukalyptushain auf einer kleinen Insel vor Cannes, am Gare de Lyon, abseits vom Train Bleu. Jahre reiste ich ihm entgegen oder er mir nach.

Zu Hause war er in den Wäldern, hegte Schwarzwild, Rotwild, Damwild, Niederwild, jagte in den Steppen seiner Auftraggeber. Alter Adel, neureiche Krösusse, er wurde engagiert von Industriebossen nach Neuseeland, nach Kanada, nach Schweden. Er kannte die Jagdreviere der Welt, ich teilte immer nur ein Bett mit ihm, eine Nacht oder zwei, dann trennte uns der Aufschrei eines Jagdhornes aus den Rockies, aus dem Bayerischen Wald, aus dem finnischen Samland, von den Ufern des Orinoko.

Rufus wurde Leibeigner vieler Herren, war ein begnadeter Tiertöter. Seine Gewehre hingen in den Waffenschränken seiner Auftraggeber. Jahr um Jahr flog er durch die Welt dorthin, inspizierte, ölte, lud durch, ging auf die Pirsch mit jungen Unternehmern, Märchenprinzen, machte Beute, legte die Strecken gemeuchelter Kreatur. Jahr um Jahr wollte er das Jagdkostüm an den Nagel hängen, die Ohren zustopfen, um die Hörner nicht mehr zu hören, die Flinten nicht mehr zu inspizieren, zu ölen, zu laden. Aber in seiner Hütte brüllte das Telefon, fiepte die Bildschirmpost, brummte der Faxautomat. Rufus musste spuren, seine Verträge erfüllen, seine Termine aufeinander abstimmen, Flugtickets in Empfang nehmen, Geldgeschäfte tätigen. Tiere töten in aller Welt war ein aufwendiges, ein teures Vergnügen, Rufus, ein gewissenhafter Jäger. Seine Auszeichnungen tapezierten die Wände in seiner Hütte, seine Jagdherren schätzten seine Kennerschaft, sein Können, seinen Instinkt. Im Garten seiner Hütte bei Waldshut lebte als einziges weibliches Wesen seine Ricke Bianca, weiß wie Schnee, Augen wie Bernstein, die Flanken besaitet mit dem Flaum einer Puderquaste.

Cornelia verachtete seinen Beruf, liebte aber sein waidmännisches Wesen. So auch ich.

*

Cornelias Wohnung wurde vorläufig unter Verschluss gestellt. Der Assistent brachte an der Eingangstür ein Siegel an, dann stiegen wir zu dritt durchs Treppenhaus. Lampe schärfte mir ein, nicht zu vergessen, am Dienstag nach Pfingsten um neun Uhr morgens auf dem Kommissariat in der Grunewaldstraße zu erscheinen, das Protokoll meiner Vernehmung zu lesen und zu unterschreiben.

Frau Maaßen im ersten Stock musste hinter der Tür gelauert haben, denn die flog auf, als wir den Absatz erreichten. Ihr altbackenes Gesicht starrte den Polizisten gespannt entgegen, mich betrachtete sie mitleidig furchtsam. Wir nickten einander zu, die Polizisten verschwanden in ihrer Wohnung, die Tür fiel lautlos hinter ihnen ins Schloss.

Ich verließ das Haus, trat auf die Straße und begegnete den Kirchgängern. Der Platz vor der Kirche war in Flieder getaucht, falscher Jasmin duftete, die Rosen blühten. Das Portal der Kirche stand offen. Ich ging hinein. Die Messe war eben zu Ende gegangen, Weihrauch hing in Schwaden über dem Altar. Ehe ich mich versah, kniete ich auf dem blanken Boden wie eine polnische Gläubige, schlug das Kreuz. Wieder kamen mir die Tränen, meine Schultern wurden von unbekannter Hand geschüttelt. Schweiß rann meinen Rücken hinab.

Abtreten, Feline, betete ich, bevor die Gebrechlichkeit uns ganz erobert, bevor dein Kopf dich im Stich lässt, bevor deine Schwäche sichtbar wird, die anderen anfangen dich zu belächeln.

Cornelia hatte vor dem Alter gegraut, vor den Alten, die in Heerscharen die westliche Hemisphäre bevölkerten.

Wir gehören dazu, Feline, lügen uns in die Tasche mit unserer nimmermüden Gesundheit, unserer nicht enden wollenden Schaffenskraft, unserem unbeugsamen Willen, uns selbst überleben zu können. Die Jungen müssen uns hassen, wir besetzen ihre Plätze, bestimmen, was gespielt wird, protzen mit unseren Erfahrungen, unserem Wissen. Unsere Autorität muss ihnen erschreckend einfältig erscheinen, denn wir leben im Gestern, huldigen unseren überkommenen Leitbildern, verachten ihre Kopflosigkeit, ihre Moden. Die Jungen sollten uns endlich den Garaus machen, sollten uns abwählen, in die Wüste schicken, ins Aus!

Cornelias Echo holte mich ein. Die Alten thronten, eingekeilt von ihrer Hässlichkeit, auf den Bänken. Frauen, nur Frauen, irgendwie versorgt, irgendwie grau, die Persönlichkeit verwahrt in ihren Taschen auf dem Schoß. Frauen, die im nächsten Augenblick gemeinsam die Bänke verlassen würden, unterwegs zu ihren Töpfen, oder ins Altersheim, oder ins nächste Café, oder mit dem Ausflugsbus zur Pfaueninsel.

Mein Puls schlug hastig, meine Knie erwärmten den Stein, meine Gebete verhallten.

Eine Hand legte sich auf meine Schulter, ich erwartete den Schlag, senkte opferbereit den Kopf, dann wurde ich sanft, aber bestimmt auf die Füße gestellt. Toni umfing meinen schwachen Leib, drehte ihn. In der Kirchentür stand lächelnd Madeleine, seine Frau. Sie tupfte mir mit einem weißen Taschentuch die Tränen vom Gesicht. Mit Madeleine hatte ich nicht gerechnet. Sie hielt sich doch immer fern von unserem Kreis, nährte eine unausgesprochene Abneigung gegen Cornelia, was die Ärmste zeitlebens gegrämt, auch geärgert hatte.

Noch vor ein paar Monaten war Cornelia auf sie zugegangen in der Orangerie des Schlosses Charlottenburg im Trubel einer Ausstellungseröffnung französischer Fayencen des 18. Jahrhunderts. Madeleine hatte sie kommen sehen mit ausgebreiteten Armen, hatte sich umgedreht, ihr demonstrativ die Kehrseite zugewandt, sich an den Arm eines jungen Mannes gehängt, war mit ihm in der Menge verschwunden. Cornelia hatte später behauptet, Madeleine sei in dem Gewühle von ihren Landsleuten abgeschleppt worden, habe ihr aber freundlich zugewinkt. Sie konnte es nicht ertragen, geschnitten zu werden.

Madeleine fächelte mit ihrem Taschentuch die Röte aus meinem Gesicht. Wir verließen zu dritt die Kirche, meine Füße waren eingeschlafen.

Die Freunde saßen wie die Totengräber in Leos Café, starrten mich feindselig an, als hätte ich mir in der Zwischenzeit Cornelia unter den Nagel gerissen. Wanda zerbiss gerade ihre Unterlippe und taxierte mich aus schmalen Augen. Sie fühlte sich Cornelia am nächsten von uns allen. Ein Abschiedsbrief, der nicht an sie gerichtet war, musste sie in ihrer kindlichen Seele getroffen haben. Auch Lorenz grinste schal, der verlassene Liebhaber, immer auf seinen Vorteil bedacht. Karla hatte ihre Hand besitzergreifend auf seinen Arm gelegt, in ihren Kuhaugen blitzte Verachtung auf, ich wusste, dass sie mich nicht mochte.

Sie mochten mich alle nicht, wie sie da saßen, sie hatten mich nie gemocht. Cornelias Freunde sahen in mir das Faktotum zwischen ihren Möbeln, nicht Fisch, nicht Fleisch.

Ich war Toni dankbar, dass er Madeleine in unseren Kreis geholt hatte, denn Madeleine gab mir nicht nur ihr Taschentuch, sie hielt mich auch fest, bis Toni mir endlich einen Stuhl in die Kniekehlen schob.

Cornelia blühte auf, wenn sie atmosphärische Störungen im Freundeskreis beeinflussen konnte. Wenn Karla gegen Wanda ausfällig wurde, weil sie Lorenz angeblich schöne Augen gemacht hatte, und Lorenz natürlich abstritt, mit Wanda geflirtet zu haben, bestärkte Cornelia ihn darin, tröstete dann Karla, und stachelte sie gleichzeitig auf, ihren Kerl an der kurzen Leine zu halten. Cornelia stichelte gern, spielte ihre Liebsten, ihre Teuersten gegeneinander aus oder an die Wand, schmeichelte ihrer Kleiderfreundin ins Gesicht, um hinter ihrem Rücken von ihrer Dümmlichkeit zu schwärmen. Aber auch dumme Menschen haben ihr Geheimnis, nicht wahr, Feline, sagte sie oft. Wanda sah ihr die kleinen schmerzhaften Attacken nach, oder sie begriff sie gar nicht, die Spitzen flogen an ihr vorbei. Toni amüsierten Cornelias Biestereien, manchmal bis zum Verdruss, manchmal zog er sich zurück, machte nicht mit. Ihre Freundschaft bekam nie einen Riss, ihrer beider Freundschaft verstand sich von selbst, sie waren Weggefährten, altes Eisen.

Lorenz stichelte: Du hast es doch gewusst, Feline. Cornelias Leidenschaft für Handfeuerwaffen kann dir doch nicht verborgen geblieben sein. Wie der Kommissar glaubte er, ich müsse von dieser Leidenschaft gewusst haben. Cornelia habe mir bestimmt den Revolver gezeigt. Cornelia zeigte immer alles, was sie begeisterte, sagte er.

Wanda piekste nach, behauptete, Cornelia habe in letzter Zeit von einem großen Ding gesprochen, das sie vorhabe.

Toni nahm ihr den Wind aus den Segeln: Cornelia hat öfter große Dinge vorgehabt, sagte er. Der Besitz einer Waffe an sich sei noch kein großes Ding, höchstens eine affektive Neigung zum gefährlichen Spielzeug. Cornelia umgab sich gern mit gefährlichem Spielzeug, fuhr er fort. Den antiken Türkendolch zum Tranchieren von Lammkeulen, ihr erinnert euch doch? Wie stolz führte sie uns den Dolch vor.

Karla lachte ungehalten: Auf mich ist sie losgegangen mit dem Dolch, das ist gar nicht lange her.

Woher stammt denn der Türkendolch? Madeleine mischte sich ins Gespräch, ihre leise Stimme, ihr raschelnder Akzent ließ die anderen aufhorchen. Lorenz fixierte sie mit seinem bubenhaften Grinsen, das ihn albern aussehen ließ. Wanda zuckte mit den Schultern und murmelte vor sich hin: Cornelia hat mir bestimmt erzählt, woher sie den Dolch hat, aber ich hab's vergessen.

Efraim hat ihr den Dolch verehrt, sagte Toni, unser

Mann vom Reisejournal. Er brachte ihn von einem Markt in Kairo mit.

Frauen bringen sich nun mal nicht mit Dolchen um, beharrte Lorenz.

Auch nicht mit Revolvern, sagte ich.

Woher hat sie die Waffe denn wirklich, rief Karla. Auch von Efraim?

Vielleicht findet die Polizei ja heraus, woher die Waffe stammt, erwiderte ich. Es soll ein besonderes Exemplar sein.

Sieh mal an, was unsere Feline so alles weiß, nickte Wanda beifällig.

Die Polizei hat mir verraten, dass der Revolver etwas Besonderes sei, gab ich zurück.

Madeleine legte ihre Hand auf meinen Arm. Toni rief den Kellner. Lorenz beugte sich über den Tisch, bohrte seinen milchigen Blick in meine Stirn: Und Cornelia hat dir alle ihre Schätze vermacht, Feline? Dir allein?

Wir haben Cornelia verloren, Lorenz, was bedeuten schon ihre Schätze, sagte ich müde.

Toni lächelte von einem zum anderen. Für alle Cognac, sagte er dem Kellner, auf meine Rechnung. Madeleine drückte meinen Arm, ich bat noch einmal um ihr Taschentuch. Karla zündete sich eine Zigarette an, stieß Rauchwölkchen in die Luft, dann verkündete sie feierlich: Eine grässliche Inszenierung mit großartigen Statisten. Bravo, Cornelia!

Halt's Maul, brummte Lorenz und hob die Hand, als wollte er sie schlagen. Toni spendete Karla Beifall.

*

Zurückgeworfen auf meine ureigensten Bedürfnisse, harrte ich nach den Anstrengungen des Pfingstsonntags im Bett aus, sprach mit niemandem, wollte von niemandem gesehen werden. Auch Rufus hätte mich jetzt nicht sehen dürfen. Es war heller Tag, als ich mich vom Bett zur Küche schleppte. Zehn Stunden Schlaf oder mehr lagen hinter mir.

Mein erster Gedanke wanderte in die Emser Straße. Doch die Szene auf der Veranda wurde seltsam blass, ein alter Filmstreifen, nicht wirklich. Mein zweiter Gedanke machte den ersten zunichte, die Szene auf der Veranda wurde beweglich, verschwand blitzschnell. Toni trat in den Vordergrund, dann die Freunde, die vielen Leute in der Wohnung. Ich konnte die Stimmen nicht auseinander halten, die Gesichter verschwammen, die Tote lag unverwundet auf dem Diwan.

Vor dem Spiegel in der Diele erging es mir wie einer Betrunkenen, ich erkannte mich nicht. Meine Küche war mir über Nacht fremd geworden. Ich hantierte umständlich, ziellos, als hätte eine Marionette meine Rolle übernommen. Auch mein Verstand war abgeschaltet. Der Kaffee, endlich in einer Tasse, sah nach dickflüssigem Blut aus. Ich schüttete ihn weg, verließ die Küche, wollte ein Bad nehmen, bekam Furcht vor heißem Wasser und spülte nur den Mund, ging ins Wohnzimmer, das mir ebenfalls fremd war. Ich flüchtete in die Kammer, um die Atmosphäre der übrigen Räume nicht zu stören, hockte am Boden neben dem Wäscheständer, schlief wieder ein.

Ein Krampf in den Waden weckte mich, eine Amsel zeterte im Hof. Auf dem schmalen Fenster lag Nachmittagslicht, das mir nicht fremd war. Ich klammerte mich an das Fensterbrett, genoss den Wadenkrampf, fror.

Die Leiden unseres Alters werden unsere intimsten Freunde, nur mit ihnen stehen wir künftig auf gutem Fuße, sie bereichern unsere unbedeutend gewordenen Gefühle, sie bezwingen unser Denken, machen es klein und nichtig. Cornelia sprach's, ich lachte.

Am späteren Nachmittag frühstückte ich in der Küche wie immer, ging ins Bad, kleidete mich an, öffnete die Fenster. Eine drückende Wärme stieg herauf. Auf dem Karolingerplatz spazierten Männer, Frauen, Kinder in luftigen Kleidern.

Das Telefon klingelte, ich nahm nicht ab.

Cornelia hatte den Karolingerplatz nie gemocht. Angewandte Geometrie sei langweilig, dieses offene Geviert habe nichts Einladendes, sagte sie. Aufgepflanzte Bänke, magere Rosenbeete, gepflasterte, rechtwinklig angelegte Wege. Rhododendron, der niemals hochwachsen dürfe, die lächerlichen Torbögen, an denen Rosen emporranken sollen, was sie tunlichst unterlassen. Für Liebespaare ein ungeeigneter Treffpunkt. Hausfrauen mit schweren Taschen können hier verschnaufen, in der Sonne schmoren, Handwerker ihr Frühstücksbrot verspeisen, Kinder schleunigst abhauen.

Wäre dir ein Parkplatz lieber, Cornelia?

Sie hatte aufgelacht: Du mit deinem romantischen Pragmatismus, Feline. Hinter einem Auto kann man sich wenigstens verstecken oder mal schnell abtauchen, hinter diesen Parkbänken findet dich jeder Einäugige.

In meiner Glanzzeit hatte ich Rufus die Pflasterwege entlangschlendern sehen, auf einer Bank sitzen in der Dämmerung und mein Haus beobachten, warten. Auch ich wartete dann. Minuten verstrichen, manchmal eine halbe Stunde, ehe ich mich am Fenster zeigte oder auf den Balkon trat, ihm zuwinkte. Wieder vergingen Minuten, dann erhob er sich, kam gemächlich auf das Haus zu. Ich trat oben an die Wohnungstür und drückte den Summer, öffnete, hörte seine Schritte auf den knarrenden Treppenstufen. Der Karolingerplatz war unsere Bühne, der Vorhang ging auf, meistens meine Gardine. Er trat von links in die letzten Sonnenstrahlen, ich folgte seinen Schritten mit den Augen. Erwartete ungeduldig, geduldig seine Umarmung. Ein Mann, der aus den Wäldern kam, ungeschützt ins Offene.

Die Pfingstmontagsspaziergänger auf dem Platz verrieten weder Müßiggang noch Langeweile. Auf den Bänken saßen junge Leute neben den alten. Kinder liefen brav an der Schnur.

Rufus war länger als ein Jahr nicht hier gewesen, um unsere Liebe war es still, aber mir nicht bang. Als die Sonne hinter den Dächern verschwand, der Platz leer wurde, schrieb ich einen Brief an ihn. Ich wollte nicht, dass er von der Polizei erführe, was mit Cornelia geschehen war.

Pfingstmontag, Karolingerplatz

Liebster,
entgegen unserer Abmachung, nicht zu schreiben, muss ich Dir leider heute mitteilen, dass Cornelia gestern früh an ihrem Geburtstag mit einem Revolver Schluss gemacht hat.

Ich weiß, dass Du unterwegs bist, darum wollte ich diese schreckliche Nachricht nicht auf Deinem Anrufbeantworter hinterlassen.

Wir waren Pfingstsonntag bei Cornelia zum Frühstück eingeladen, der harte Kern, Lorenz, Karla, Toni, Wanda. Wir mussten uns mit Hilfe eines Ersatzschlüssels Zugang zu ihrer Wohnung verschaffen. Fanden sie erschossen in der Veranda auf dem Diwan liegend in ihrem weißen Pyjama. In der rechten Schläfe klaffte ein Loch, die Waffe lag neben ihr. Sie hinterließ einen kurzen Abschiedsbrief an mich, mit der Bitte Dich zu grüßen. Du würdest verstehen. Die Ermittler haben den Brief einstweilen zu Protokoll genommen, wenn ich ihn zurückerhalte, schicke ich Dir eine Kopie.

Wie du dir denken kannst, war Cornelia nicht gut auf das Altern zu sprechen. In letzter Zeit malträtierte sie ihre Umgebung, vor allem aber mich mit ihren Selbstvernichtungswünschen. Sie tat das wie immer ironisch, so, als müssten wir es nicht ganz ernst nehmen. Dass sie Ernst machen würde, hat mich völlig durcheinander gebracht. Die Herkunft der Waffe ist uns allen ein Rätsel. Ein Kommissar Lampe will festgestellt haben, dass sie etwas Besonderes sei, auf dem so genannten Waffenmarkt nicht zu haben. Ein russischer Revolver, namens Makarow, Extraanfertigung. Da ich mich mit Waffen nicht auskenne, kann ich sie Dir nicht beschreiben, obwohl ich sie flüchtig sah.

Wenn die Ermittlungen vorüber sind, werde ich Cornelia ihrem Wunsch entsprechend verbrennen lassen, versuchen, ihre Urne zu erhalten, um sie zu Dir nach Waldshut zu bringen. Wir werden ihre Asche in Deinem Garten den Winden schenken oder die Urne bei den drei alten Tannen in die Erde senken.

Ich umarme Dich. Feline

Gegen Abend stand Wanda vor der Tür, ungeschminkt, in Tränen aufgelöst. Ich musste sie hereinlassen, weil sie mir auf die Füße trat in ihren spitzen Schuhen. In der Diele, im Wohnzimmer herrschte großes Durcheinander, die Frau bahnte sich ihren Weg, stakste auf einen freien Sessel zu, sank hinein, starrte mich rotäugig an.

Kannst du überhaupt noch atmen, Feline?

Dann bat sie um einen Schnaps.

Um einer Antwort zu entgehen, lief ich in die Küche. Den Brief an Rufus steckte ich vorsorglich in meine Handtasche auf dem Küchenschränkchen. Wanda weinte, als ich mit der Flasche, den Gläsern zurückkam.

Ich weiß nicht, was ich tun soll, jammerte sie. Nahm das gefüllte Glas, stürzte es hinunter.

Ich hätte auch zu Hause trinken können, aber dann läge ich wahrscheinlich schon unter dem Tisch, stöhnte sie.

Wimmernd biss sie wieder auf ihre Unterlippe, ein Tick von ihr. Ich nahm ihr das Glas aus der Hand, füllte nach. Eine angetrunkene Wanda war mir lieber als eine nüchterne. Die nüchterne Wanda brachte mich leicht in Verlegenheit. Sie ähnelte einem dressierten Gaul, ihre Eleganz verdankte sie der Peitsche, in ihrem Kreuz klemmte der berüchtigte Ochsenziemer. Jede Art von Natürlichkeit war ihr in ihrer Jugend ausgetrieben worden. In früheren Zeiten hätte sie als Paradepferd eine vorbildliche Figur abgegeben. Ihre Intelligenz steckte noch in den Kinderschuhen, oder sie war der leiblichen Dressur geopfert worden. Wanda zählte zu den Jüngsten in unserem Kreis, ihre Erscheinung schmückte jede Gesellschaft, ihre Einfalt wurde als Charme hingenommen. Darum eignete sie sich so gut als fünftes Rad am Wagen, als Spielgefährtin eines höheren Tieres oder als Kleiderfreundin in Cornelias Karpfenteich. Sie nahm ein drittes Glas Schnaps, warf die blonde Mähne über die Schulter, lächelte beklommen. Ihre Tränen versiegten.

Erklär mir Cornelia, schluckte sie. Warum hat sie sich erschossen? Warum sollten wir sie finden?

Wer zu oft und zu lange in den Abgrund schaut, hat irgendwann seine Wahl getroffen, Wanda.

Du redest wie ein Mann, Feline.

Sie schluchzte, nahm mir die Flasche aus der Hand und zitterte beim Einschenken.

Ich hätte sie lieber nicht so gesehen, im Abgrund, klagte sie. Warum hat sie uns das angetan, Feline?

Sie wollte nicht von ihrer Putzfrau gefunden werden in halbverwestem Zustand, erwiderte ich.

Entsetzlich.

Wanda schüttete auch das vierte Glas in sich hinein, danach fiel es zu Boden.

Du solltest aus der Flasche trinken, tröstete ich sie.

Wanda setzte die Flasche an, ohne zu trinken, kippte den Kopf nach hinten, sackte in sich zusammen. Der Schnaps aus der Flasche ergoss sich über ihr schwarzes Kleid. Plötzlich sprang sie auf, taumelte auf mich zu, streckte die Arme aus. Ich nahm ihre Hände, griff nach ihren Armen, fing sie auf. Wir schwankten, ließen uns fallen. Wandas Verzweiflung steckte mich an.

Am späteren Abend erwärmte ich eine chinesische Pilzsuppe aus der Dose. Wanda ließ sich willig in die Küche zerren. Graziös wie eine Lipizanerstute umtänzelte sie meinen einfachen Küchenstuhl, ehe sie auf ihn fiel. Um ihre Wirkung besorgt, verrenkte sie die Beine, riss den Kopf in den Nacken, warf die Blondmähne hinter sich, ergriff traumsicher den

Löffel. Das Süppchen dampfte. Wir blickten einander kaum an.

Da klingelte es an der Wohnungstür. Wieder nahm ich vorsorglich die Handtasche vom Küchenschränkchen, dachte an Rufus, lief in die Diele, legte die Tasche unter den Spiegel, sah mich, erkannte das Gesicht, sogar die Augen. Rufus nannte sie eingemachte Herzkirschen.

Vor der Tür stand Karla. Du gehst nicht ans Telefon, sagte sie vorwurfsvoll, trat ein, blickte irritiert auf das Durcheinander, folgte mir aber in die Küche. Als sie Wanda sah entschlüpfte ihr ein Oh, das fragend in der Luft hängen blieb. Wanda war nicht in der Lage, Karlas Auftritt, ihr Erstaunen zur Kenntnis zu nehmen. Sie kämpfte um ihr Gleichgewicht. Karla ließ sich unaufgefordert am Tisch nieder, ich servierte ihr ebenfalls von dem Süppchen, teilte das letzte Brot auf. Eine Weile saßen wir wortlos über unsere Schüsseln gebeugt. Wanda schluchzte, Tränen rannen ihr die Wangen hinab, Karla kam aus dem Staunen nicht heraus.

Gib ihr ein Beruhigungsmittel, sagte sie.

Lass sie doch heulen, entgegnete ich, sie ist schließlich gekommen, um sich auszuweinen.

Sie ist betrunken, wetterte Karla angewidert.

Gewiss, aber mich stört's nicht.

Ich wollte etwas mit dir besprechen, Feline.

Hat das nicht Zeit?

Sie schob die Schüssel von sich, ihre Hände sahen alt aus, braun gefleckt wie verwelkte Eichenblätter. Sie biss sich auf die Lippen.

Natürlich hat es Zeit, Lorenz drängt nur, darum bin ich gekommen.

Sie sah sich hilflos in der Küche um. Du stellst deine Wohnung auf den Kopf, Feline?

Keine Spur, Karla.

Wanda legte ihren Blondschopf auf den Tisch, sie weinte nicht mehr. Ihre Suppe hatte sie gegessen, auch das Brot. Jetzt schnarchte sie mit offenem Mund, breitete die Arme auf dem Küchentisch aus, schnarchte weiter. Der Schnaps umhüllte sie mit seinem Dunst. Karla sprang auf, zupfte schnell an ihrem Hemd, ordnete das frisierte Haar, strich die Hosen glatt, maulte: Wir sollten Wanda …

Wir sollten gar nichts, Karla, fiel ich ihr ins Wort.

Wanda seufzte gurgelnd. Karla stand mit einem zweiten Sprung in der Tür. Es geht um die Trauerfeier für Cornelia, sagte sie spitz.

Ich bitte dich, Karla!

Karla fuhr ungerührt fort: Lorenz lässt dir sagen, dass er eine Trauerfeier für Cornelia in seiner Galerie ausrichten wird, er bittet dich um deinen Segen.

Ihr habt es aber eilig, ich bin noch nicht so weit, sagte ich. Niemand weiß, was Cornelia verfügt hat, außerdem müssen wir die polizeilichen Untersuchungen abwarten, Karla. Ihre Redaktion, die Zeitung, Toni, ihre Kollegen, alle haben ein Wörtchen mitzureden.

Feline, rief Karla aufgebracht. Lorenz hat längst mit allen gesprochen.

Wanda schreckte hoch aus ihrer unbequemen Lage, sie wimmerte.

Die Frau ist noch nicht einmal richtig steif, da plant ihr schon die letzte Schau, entfuhr es mir. Macht doch, was ihr wollt.

Karla wich rückwärts aus, machte kehrt, ihre Absätze knallten, dann flog die Wohnungstür ins Schloss.

Es war spät, als wir zu Bett gingen. Wanda schlief

auf dem Sofa im Wohnzimmer. Im Schlaf nahm sie wieder ihre vorbildliche Haltung ein.

Am Dienstagmorgen sah ich mich zu meiner Überraschung allein in der Wohnung. Wanda musste sie in aller Früh verlassen haben. Zuvor hatte sie ein wenig aufgeräumt, die Fenster geöffnet, das Geschirr abgewaschen. Der Schnapsgeruch war mit ihr gegangen, die leere Flasche stand unter dem Spülstein.

Meine üblichen Kopfschmerzen blieben aus, obwohl sie mir zustanden nach einer solchen Nacht. Auch der Kreislauf pulsierte ganz normal, ich brauchte nicht einmal einen besonders starken Kaffee. Ausgeruht und völlig intakt, musste ich den klaren, sonnigen Morgen ertragen.

Ich rief in der Emser Straße an, aus alter Gewohnheit. Cornelias Stimme vom Band perlte an mein Ohr. Mehrmals hörte ich ihre Ansage, jede Nuance auskostend. Ich wurde zu meiner Verwunderung nicht traurig. Die mechanische Cornelia forderte mich auf, sie wieder anzurufen oder meine Telefonnummer zu hinterlassen, oder ihr ein Fax zu schicken, oder es in der Redaktion zu versuchen.

Hätte mich der Polizist Lampe in diesem Augenblick gefragt, wie gut ich Cornelia kannte, wäre mir eine Antwort schwer gefallen. Gestern, vorgestern hatte ich mir noch einbilden können, sie gut gekannt zu haben. Vierzig Jahre Freundschaft waren eine lange Zeit, innerhalb von zwei Tagen schien alles verloren, ausgelöscht.

Jemand musste ihren Anrufbeantworter ausschalten.

Die vorläufigen Ermittlungen ergaben, dass Cornelia Selbstmord verübt hatte. Auf dem Kommissariat erfuhr ich so genannte Einzelheiten, die sich nach eingehender Untersuchung an der Leiche ergeben hatten. Das Projektil war wie durch ein Wunder im Hirn stecken geblieben. Man fand Schmauchspuren an ihrer rechten Hand, die Krümmung der Finger bestätigte eine letzte Kraftanstrengung, dann war der Revolver losgegangen. Ein aufgesetzter Schuss. Ihre Fingerabdrücke fanden sich auf der Waffe, Fingerabdrücke von Fremden gab es nicht. Der Tod war in der Nacht zum Pfingstsonntag um plusminus vier Uhr dreißig eingetreten. Mit der Freigabe der Toten wäre innerhalb der nächsten Woche zu rechnen. Die Spuren in der Wohnung mussten noch ausgewertet werden, die Herkunft der Waffe lag weiterhin im Dunkeln. Cornelia besaß keinen Waffenschein.

Ich unterschrieb meine Aussagen vom Pfingstsonntag nach flüchtigem Durchlesen, durfte Cornelias Abschiedsbrief mitnehmen. Den Brief an Rufus hatte ich schon aufgegeben. Den Wohnungsschlüssel für die Emser Straße würde ich im Laufe der Woche zurückbekommen.

Kommissar Lampe erlaubte mir, Cornelias letzte Angelegenheiten zu regeln. Er berichtete, dass er Rufus Findeisen nicht habe erreichen können, eine Nachricht auf Band habe er nicht hinterlassen wollen. Eine solche Nachricht kann man nicht ins Nichts sprechen, sagte er. Er gedenke jedoch, bis zum Abschluss des Falles immer mal wieder im Schwarzwald anzurufen. Sollte Herr Findeisen nicht erreichbar sein, wolle er die örtliche Polizeidienststelle in Waldshut benachrichtigen. Unsere Abteilung kann nach Abschluss eines Falles den Angehörigen des Opfers nicht länger hinterhertelefonieren, sagte er.

Cornelia war gerade sechzig Stunden tot. Lampe hatte es eilig, die Sache vom Tisch zu bekommen.

Er bezeichnete Cornelia als ein männliches Opfer ihrer selbst. Er lächelte und sagte: Sie hat es geschickt angestellt, niemand im Haus hat den Schuss gehört, sie muss sich mit der Waffe und ihrer Schallentwicklung gut ausgekannt haben, denn sie hat keinen Schalldämpfer benutzt.

Darauf gab es für mich keine Antwort. Ich wollte weg, wollte von Cornelias Geschicklichkeit, mit einer Schusswaffe umzugehen, nichts hören. Der Aufenthalt in Ämtern oder Behörden trübte meine Sinne, außerdem misstraute ich Lampes Mutmaßung vom männlichen Opfer ihrer selbst.

Cornelia hatte ihren Halt verloren, ihre Seele ihrem Hochmut geopfert.

Armin Wolf schrieb am Mittwoch nach Pfingsten einen Nachruf auf die verlorene Seele, in Cornelias Blattecke: Von Tag zu Tag. Sie wurde von ihm in den Himmel gehoben. Er war eine Zeit lang in sie verliebt gewesen. Dieser Verliebtheit trauerte er jetzt nach, betete sie an, »die Frau, die Schiffe versenken konnte mit ihrem Temperament«, (aber Männer vor dem Untergang bewahrte).

Er verdankte ihr viel, seine Stellung im Blatt war ihr Werk. Sie hatte dafür gesorgt, dass er nach kurzer Einarbeitungszeit als freier Mitarbeiter einen Redakteursposten bekam. Sie hatte ihn aufgebaut, wie sie es nannte. Ein fähiger, junger Mann, hübsch anzusehen, gescheit, wenn er lacht. Hübsch waren auch seine Sätze, gefällig sein Ton, manchmal emphatisch.

Die Erschütterung, die ihr Tod in ihm hervorgerufen haben musste, bebte aus jeder Zeile. Mit keinem Wort erwähnte er ihren Freitod. Er ließ die Leser in dem Glauben, Cornelia sei plötzlich von uns gegangen, unerwartet, wie es in vielen Todesanzeigen heißt. Wahrscheinlich hatte Toni ihn gebeten, die Umstände ihres Todes diskret zu behandeln, am besten zu schweigen, denn ihr Bild in der so genannten Öffentlichkeit decke sich nicht mit der Radikalität ihres Endes. Vielleicht war Armin Wolf auch von selbst darauf gekommen, ihr Bild nicht anzukratzen.

Ich schickte Armins Nachruf mit einer Kopie des Abschiedsbriefes in den Schwarzwald. Rufus sollte ruhig eine Träne für seine Schwester vergießen.

Auch die Freunde stürzten in tiefe Trauer. So ein Nachruf hat doch eine besondere Wirkung. Lorenz zeigte sich sehr bewegt, Karla raunte ungereimt ins Telefon. Wanda hatte mit dem Heulen noch nicht aufgehört. Treffen wollte ich sie alle nicht, nicht einmal Madeleine, die Einzige, die Armins Nachruf als Witz ansah.

Ein in sich verliebter Schnösel, sagte sie am Telefon.

Er sah sie doch mit verhangenem Herzen, erwiderte ich.

Madeleine kicherte, dann fragte sie, was ich geschrieben haben würde, hätte man mich gefragt.

Ich hätte abgelehnt, über sie zu schreiben, wir waren Freundinnen, da sagt man sich nichts nach. Und über Tote sagt man sowieso nichts Schlechtes, fügte ich hinzu.

Madeleine lachte ein wenig gekünstelt. Schade, sagte sie. Dann nach einer Pause: Armins selbstverliebtes, harmloses Geplänkel passt eher auf Lieschen Müller als auf Cornelia Findeisen.

Nein, rief ich in den Hörer, da tun Sie Armin Unrecht, Madeleine. Schauen Sie sich die Passage von der Schiffeversenkerin an, so etwas kommt in Lieschen Müllers Nachruf bestimmt nicht vor.

Madeleine kicherte wieder: Das hat Toni ihm gesteckt.

Umso besser, sagte ich. Toni ist ja im Grunde der geborene Nachrufeschreiber, nur schreibt er nicht aus purer Höflichkeit.

Aus Selbstschutz, sagte Madeleine, er hat zu viele Pfeile im Köcher, da würde ihn so mancher selbst treffen.

*

Der Kunstgarten war schwarz verhängt worden. Lorenz hatte weder Mühen noch Kosten gescheut, seinen lichten Ausstellungsraum angemessen abzudunkeln. Cornelias Lieblingsblumen, weiße Lilien, standen am Rednerpult, brennende Kerzen flankierten in herrischen Leuchtern Cornelias Porträt. Ein Bildnis der Malerin Josy Bernstein, vor vier Jahren in langen Sitzungen gepinselt, lehnte wie ein Heiligenbild auf der Staffelei, zum Fürchten lebendig. Ich war sehr froh, nicht auf Karlas wilde Pinselkunst starren zu müssen. Lorenz hatte darauf verzichtet, die Stühle in Reihen aufzustellen. Die Trauergäste saßen verstreut. Bekannte Gesichter, Galeriebesucher, Zeitungsleute, Unbekannte, vielleicht Cornelias Leser.

Ich kam zu spät, war herumgerannt, um einen Sarg auszusuchen, die Urne, hatte Kleider aus Cornelias Wohnung geholt für die Toteneinkleidung, hatte geheult, als ich die Sachen im Beerdigungsinstitut ablieferte, auch ein Paar Schuhe. Sogar in Schuhen sollte die Tote aufgebahrt werden. Ich konnte mich deswegen kaum beruhigen, kaum den Abschiedsworten von Lorenz folgen.

Dann betrat ein alter Mann das Rednerpult, ich zog meinen Hut tiefer in die Stirn. Wer immer dieser Herr sein mochte, ich wollte ihn nicht sehen, wollte ihn auch nicht hören. Er sprach leise, mit schwacher Stimme, er räusperte sich, die Stimme zitterte. Plötzlich fühlte ich mich doch gezwungen hinzuhören, es fiel der Name Conny. Ein alter Mann nannte Cornelia vertraulich Conny.

Ein alter Mann plauderte angestrengt leise, flüsternd von früher.

Was war in Lorenz gefahren, diesen alten Mann aus der Versenkung zu holen? Träumte ich, wurde ich genasführt, konnte denn möglich sein, was undenkbar war?

Lensky, der Mann am Rednerpult war Lensky, ein Jugendfreund aus schlimmsten Tagen. Lensky war der einzige Mensch, der Cornelia früher Conny hatte rufen dürfen.

Wo hatte Lorenz ihn aufgegabelt? Woher kannte er diesen Mann? Warum hatte Lorenz mir verschwiegen, dass Lensky eine Trauerrede halten würde? Wollte Lorenz mir eins auswischen? Hatte er die Zeremonie Lenskys wegen arrangiert, wollte er mir Lensky präsentieren? Wusste Lorenz von unserer Vergangenheit? War Cornelia während ihrer Affäre mit Lorenz schwach geworden, hatte sie ihm von Lensky erzählt, das Widerliche, das mir mit Lensky passiert war vor undenklichen Zeiten, preisgegeben? Musste Lensky darum ans blumentriefende Pult treten?

Lorenz erschien mir angesichts des Greises da vorne abstoßender denn je. Er schreckte eben vor keiner Schandtat zurück, wenn er sich die Hände dabei nicht schmutzig machen musste.

Natürlich hatte ihm Cornelia von Lensky erzählt, nach so vielen Jahren tat es niemandem mehr weh, schmutzige Geschichten weiß zu waschen. Cornelias Stärke war das Weißwaschen von schmutzigen Geschichten, so lange waschen, waschen, bis sie rein hervortraten, niemandem mehr schaden konnten.

Mir wurde unter meinem schwarzen Hut nicht nur heiß, sondern auch übel. Das Ding schützte mich nicht, wie ich gehofft hatte. Ich hatte mich mit dem Hut schützen wollen, vor Blicken, vor Nähe, mir war daran gelegen gewesen, nach meinem Besuch im Beerdigungsinstitut, Lorenz' Trauerfeier für Cornelia nicht an mich herankommen zu lassen.

Jetzt aber musste ich die größte Schmach, die mir im Leben zugefügt worden war, abwehren, das war mit einem Hut allein nicht zu schaffen. Lorenz besaß die Unverschämtheit, einen Kerl ans Licht zu zerren, den ich schon in meinen jungen Jahren verdammt hatte.

Cornelias frühe Liebe, Paul Lensky, Musiker, Musiklehrer vom Konservatorium in Breslau, damals frisch aus Polen gekommen, ein vogelnasiger Mensch, die Augen brennend, verschlingend auf alles gerichtet, was sich bewegte. Cornelia wollte von ihm verschlungen werden.

Sie brachte ihn eines Nachts mit in unser Zimmer in der Bleibtreustraße. Wir wohnten zusammen bei einer alten Freundin meiner Mutter, Maja Jung, Offizierswitwe mit großer, kriegsverschonter Wohnung in Charlottenburg, die an Studenten vermietete.

Maja Jung hatte uns ihr schönstes Zimmer gegeben, nach vorn zur Straße. Mein Vater bezahlte.

Cornelia studierte alle möglichen Fächer, ich studierte nur nebenbei, schrieb im Hauptberuf Heftchenromane, frönte meiner Kitschbegabung, ließ Herzen tanzen, sich verlieren, sich wieder finden, war unter Vertrag beim Edelweiß, einem Verlag, der so genannte Heimat- und Liebesromane auf den Markt brachte. Pfennighefte. Vier solcher Schmähwerke musste ich im halben Jahr schreiben, um erstens weiter am Ball zu bleiben, zweitens unseren Unterhalt finanzieren zu können. Mein Vater war nur bereit, unsere Monatsmiete zu tragen. Cornelias Eltern waren arm, sie verdiente nur in den Semesterferien als Kellnerin, als Postbotin, als Mädchen für alles in einem großen Kaufhaus.

Ich schlug in die Tasten meiner Uraltremington von früh bis spät. Cornelia schleppte Männer an. Kommilitonen, Goldsucher, dann Lensky, den sie im Café Huthmacher aufgelesen hatte.

Lensky machte sich sofort breit in unserem Zimmer. Maja Jung drückte beide Augen zu. Ich floh für eine Weile in die Waschkammer hinten im Gang, kampierte dort, um die beiden nicht zu stören. Am Tag hockte ich im großen Zimmer, tippte meine Heimatromane. Der Wald flirrte, die Berge standen im Schnee, auch im Sommer, meine Helden verzehrten sich in Sehnsucht nach der jungen Försterstochter.

Die Heftchen wurden wie verrückt gelesen. Ich wusste eigentlich nie, woher ich die Geschichten nahm. Sie sammelten sich scheinbar ohne mein Zutun im Hirn an wie bunte Flicken, die ich nach einem bestimmten Schema erst zerriss, dann wieder zusammensetzte.

Cornelia war tagsüber meist unterwegs, und Lensky klapperte die Ämter ab. Er war Flüchtling, brauchte Papiere, suchte Arbeit, ließ sich durchfüttern.

Lensky kostete Cornelia einiges, aber das war zu verschmerzen. Was nicht zu verschmerzen war, zeigte sich nach einigen Wochen. Sie ließ sich von ihm züchtigen, er verletzte sie, quälte sie. Sie wollte es so, sie genoss seine Härte, seine mörderische Zärtlichkeit. Er schlug ihr ins Gesicht, sie trug die Spuren seiner Schläge mit einem gewissen Stolz. Das blühende Veilchen auf ihrem Auge duftete für sie. Sie erlitt seine Prügeleien als höchsten Liebesbeweis und Liebesgenuss.

Ich fange an zu leben, sagte sie, spüre jede Faser meines Leibes, meine Seele jubiliert, wenn er zuschlägt.

Es kam noch schlimmer. Sie ließ sich von ihm fesseln, in die Knie zwingen, dann schlug er zu. Niemals schrie sie, sie konnte gar nicht schreien, Lensky stopfte ihr den Mund mit der Faust oder mit einem Kissen, peitschte sie mit seinem Gürtel oder traktierte sie mit seinen Fäusten.

Maja Jung erfuhr nie, was in ihrem sonnigen Zimmer geschah, Cornelias Blessuren wurden geschickt kaschiert mit großen Sonnenbrillen, Tüchern, Hüten. Lensky huschte höflich durch die Wohnung, manchmal brachte er sogar Blumen, die er artig unserer Hausmutter überreichte.

Dann überfiel er mich ohne Vorwarnung an einem Nachmittag im Oktober. Cornelia war noch nicht zurück von der Uni, ich hockte wie jeden Tag an unserem Schreibtisch. Lensky kam früher nach Haus als verabredet, schlüpfte ins Zimmer wie eine Schleichkatze, trat von hinten an mich heran, umarmte mich.

Ich kam nicht dazu, mich zu wehren. Er riss mich vom Stuhl, schleuderte mich hoch, das Leichtgewicht, das ich damals war, packte meine Arme, drehte sie auf den Rücken, bugsierte mich zu dem alten Eisenbett hinter dem Vorhang, warf mich darauf, warf sich auf mich, band meine Arme an die Eisenstreben des Bettes, danach meine Füße und zückte ein Rasiermesser.

Wenn du schreist, bist du tot, sagte er. Schlitzte mein Kleid auf, die Wäsche, stopfte mir das zerschnittene Hemd in den Mund, dass ich fast erstickte. Dann machte er sich über mich her, das Rasiermesser schwingend. Er schnitt in meine Brust, schnitt Kreuze in meinen Bauch. Ich gab meinen Geist auf, er vergewaltigte mich.

Während das Blut aus mir rann und die Tränen wie Sturzbäche liefen, kam Cornelia.

Die Conny ist da, deine Retterin, zischte er. Er knöpfte sich die Hosen zu, stand kerzengerade über mir und trat mir noch in den Bauch.

Cornelia reagierte blitzschnell, entriss ihm das Rasiermesser, zog das Hemd aus meinem Mund, schnitt die Fesseln durch, zwang ihn, auf der Stelle das Zimmer und die Wohnung zu verlassen.

Als ich aus einer Ohnmacht wieder an die Oberfläche meines Bewusstseins gelangte, war er schon verschwunden. Cornelia redete sich die Zunge wund, sie wurde nicht müde, mir Lenskys kompliziertes Wesen auseinander zu setzen. Ich weigerte mich, ihre Erklärungen anzunehmen, und trug mich mit dem Gedanken, ihn anzuzeigen. Dann wurde die Scham über das Geschehene übermächtig, ich hätte keine Worte gefunden, wäre im Boden versunken, hätte ich einem Arzt oder einer Amtsperson meine Wunden zeigen müssen.

Cornelia wollte schon nach drei Tagen von einer Anzeige nichts mehr wissen, sie wäre selbst in tausend Schwierigkeiten geraten. Maja Jung hätte als Zeugin aussagen müssen, meine Eltern hätten davon erfahren, nicht auszudenken damals.

Dieser Mann stand vor den Trauergästen. Zerbrechlich, die Stimme schütter und die Augen trüb. Er umkrampfte das Pult. Der Mann, der mich gezeichnet hatte, über den ich nie zu einem anderen Menschen gesprochen hatte in all den Jahren, den ich aus meinem Denken getilgt, aus meinen Gefühlen verbannt hatte, war für mich nie gealtert. Der alte Mann vorn am Pult musste über siebzig sein, war zum Wrack geworden. Glücklicherweise konnte man sein Geflüster an meinem Platz kaum verstehen. Ich musste an mich halten, um nicht aufzuspringen, Lorenz an die Gurgel zu gehen.

Cornelia hatte den Kontakt zu Lensky damals nicht abgebrochen, sie war ihm hörig gewesen, wie sie mir später, viel später gestand. Ihre sadistische Verbindung zog sich über Jahre hin. Von dieser Zeit sprach er, flüsterte er, stammelte er.

Lensky hatte damals Aufnahme in einem Flüchtlingslager gefunden, durfte bald wieder in seinem Beruf arbeiten, ich sah ihn nie wieder.

Bis zu diesem Tag, diesem Freitag nach Pfingsten. Natürlich ging ich Lorenz aus dem Weg. Nichtachtung, Nichtbeachtung erschien mir die einzige Möglichkeit zu sein, ihn zu treffen.

Karla begrüßte ich nur knapp, stand eine Weile mit Wanda zwischen den Stühlen. Ein junger Mann hatte nach Lenskys Auftritt Flöte gespielt, eine zarte Silberflöte, Töne aus Haydns Abschiedssymphonie.

Lensky verschwand nach seiner Büttenrede. Ich

hörte von Wanda, er sei für einen Tag aus dem Krankenhaus beurlaubt worden, er litte an Leberkrebs und einer rasant fortschreitenden Niereninsuffizienz, ein schwer kranker Mann. Von anderer Seite kam mir zu Ohren, Lensky würde das Krankenhaus bald verlassen, da ihm medizinisch nicht mehr zu helfen sei.

Lorenz stand von Zeitungsleuten umringt vor dem Bernsteinschen Corneliaporträt und ließ sich ablichten. Es fiel der Name Klinikum Westend. Ich registrierte es. Armin Wolf kam plötzlich durch den Saal geschossen, drückte mir die Hand. Seine Augen blickten ergeben und feucht, seine Hände waren es auch. Toni stellte sich mir in den Weg, als ich mich wegstehlen wollte, legte seinen Arm um meine Schultern und raunzte mir ins Ohr: Den Seinen gibt's der Herr im Schlaf, den Veteranen raubt er jegliche Lust am Untergang.

Ach, Toni, sagte ich, warum muss Lorenz sich so aufspielen und alles an sich reißen?

Sei froh, dass er die Dinge an sich reißt, Feline, sonst hätten wir uns doch in ihm getäuscht.

Cornelia dreht sich in ihrer Kiste um, gab ich zur Antwort.

Toni schüttelte den Kopf: Sie wird das Fegefeuer schon bestellt haben für ihren alten Sandkastenfreund.

Wanda fuhr mich nach der Trauerfeier nach Haus. Sie trug wieder Rückgrat, ihre Stimme hatte festen Grund. Sie erzählte, dass Lensky früher oft die Galerie besucht habe, bevor er so schwer krank geworden sei. Lorenz hatte ihn einen treuen Kunden genannt. Ein Rundfunkmensch, sagte sie, aber was er im Rundfunk gemacht hat, weiß ich nicht. Lorenz ist völlig überrascht gewesen, dass er Cornelia in jungen

Jahren gekannt hatte, sogar mit ihr befreundet gewesen war. Lensky wollte unbedingt ein paar Worte sprechen auf der Feier, fuhr Wanda fort, Lorenz konnte es ihm gar nicht abschlagen.

Sie sah mich an, ihr schmales Pferdegesicht war kühl, ausdruckslos, die Augen leer. Vielleicht hatte sie zu viel um Cornelia geweint.

Der alte Lensky hat auch niemanden mehr, sagte sie, als spreche sie von sich in einer anderen Person.

Cornelias Tod offenbarte mir Lensky als eine alte Rechnung, die nie beglichen worden war. Nicht sie hätte die Rechnung begleichen müssen, ich hatte mich in aller Schwäche gezeigt, von Anfang an. Wäre ich damals mutig gewesen im Herzen und im Kopf, hätte Lensky für seine blutige Tat nach Recht und Gesetz büßen müssen.

Jetzt, nach Jahrzehnten, sah ich keinen Sinn mehr, eine alte Rechnung auf herkömmliche Weise zu begleichen; ich musste für mich eine neue aufmachen, auf eigene Gefahr, das Unvorhersehbare mit schwarzer Luft ersticken. Wut und Rachsucht brannten seit Stunden wie eine Fackel, ich konnte nichts anderes denken, die Wut ließ sich nicht bezwingen, die alte Rachsucht hatte frischen Wind bekommen – oder fehlte mir Cornelia, die Weißwäscherin, machte ich sie doch verantwortlich für das, was mir geschehen war? Oder packten mich die Wut und das Entsetzen, weil Lensky sich das Recht genommen hatte, über die Tote zu sprechen? Musste ich auf meine alten Tage zwei Fliegen mit einer Klappe schlagen?

*

Das Westendkrankenhaus am Spandauer Damm in Charlottenburg erinnerte an die alten preußischen Zuchthäuser oder Kasernen, ein massiver Festungsbau, einschüchternd, die spitzen Reiter auf seinem lang gestreckten Dach stachen in den blauen Himmel. Ich kannte das Innere dieser Anstalt nur zu genau. Meine Mutter war darin gestorben, Maja Jung, unsere verehrte Hauswirtin, hatte dort ihren letzten Atemzug getan. Else Lüdecke, die Lehrmeisterin meiner frühen Jahre, in diesem Haus ihr Leben gelassen. Die Dame aus der Pralinenschachtel, so hatte mein Vater die Verfasserin Else Lüdecke genannt.

Frau Lüdecke hatte dreihundert Romanhefte gefertigt zwischen wallendem Plüsch, umgeben von zwei runzligen Möpsen, die ich als Kind ausführen durfte. Auf ihrem verzierten Schreibtisch befand sich das nüchterne Werkzeug ihrer Fabrikation. Eine alte Remington, ein Stoß weißes Papier, gespitzte Bleistifte. Sie zeigte mir schon als Mädchen ihren Bauplan, nach dem sie ihre Geschichten zusammensetzte. Steht der Bauplan, zimmert man das Gerüst, sagte sie. Dann kommt die Verkleidung, gewinnt Herzblut an Bedeutung, tauchen Figuren auf, beginnt das Spiel.

Im Neubau des Krankenhauses, das sich aus dem Schatten der alten Anstalt erhob, lag Lensky als Privatpatient auf Nummer 107. Er lag allein. Sein Zimmer befand sich im zweiten Stock des Gebäudes.

Ich lief probehalber während des Betriebs am Freitagnachmittag den Gang hinauf, hinunter, niemand beachtete mich. In meinem hellen Leinenkleid, den weißen Tennisschuhen ähnelte ich von weitem den Schwestern. Ich war durch den Haupteingang gekommen, der Pförtner telefonierte, ich fuhr mit dem

Fahrstuhl in den zweiten Stock, beobachtete das Zimmer. Die Schwestern liefen an seiner Tür vorbei. Wanda hatte mir gesagt, man könne nichts mehr für ihn tun, nur noch Schmerzmittel verabreichen. Der lange Gang, an dem Lenskys Zimmer lag, endete bei der Nottreppe. Die Nottreppe führte zu einem Seitenausgang ins Freie. Ich fand heraus, dass der Sonnabend als allgemeiner Besuchstag bis zum Abend die beste Voraussetzung böte, meinen Plan auszuführen.

Lensky erwartete keinen Besuch, der alte Lensky hat niemanden mehr, hatte Wanda gesagt. Sein Zustand sei ernst. Ich musste mich sogar beeilen, wollte ich dem Schicksal zuvorkommen. Meine Beobachtungen ergaben: die Routine nicht stören; nach dem Abendessen erscheinen.

Meine innere Stimme ließ mir keine Ruh. Sie trieb mich, schrie, ich solle nun reinen Tisch machen nach so vielen Jahren.

Cornelia hatte ihren Schatten immer voraus geworfen, jetzt war es an mir, aus ihrem Schatten zu treten, ein letztes Mal oder ein einziges Mal. Meine Hände umspannten meinen Hals, nur mit Mühe konnte ich die Erregung niederdrücken und vorwärts gehen. Vorbereitet und entschlossen und vor Aufregung eisig, betrat ich die Innere Station des Westendkrankenhauses an diesem Sonnabend nach Pfingsten. Ein Sonnabend ohne Zeichen, nur die Luft war dick, und ich erstickte fast an ihr. Ein früher Sommertag.

Unauffällig passierte ich den Pförtner, kein Mensch schenkte mir Beachtung. Ich trug das helle Leinenkleid, das mich unsichtbar zu machen schien. Viele Besucher strömten durch die Korridore des Krankenhauses, ein warmer Wind wehte durch die offenen Türen. Eine Ambulanz bahnte sich im Schritttempo eine Schneise zur Aufnahme. Ich sah Schwestern im Freien auf den Bänken sitzen, als hätten sie ihre Pflichten auf die Besucher der Kranken übertragen. Ich nahm den Fahrstuhl in der Eingangshalle, fuhr allein in den zweiten Stock, kam mit leeren Händen.

Der Gang lag ruhig. Aus dem Schwesternzimmer ertönte leise Radiomusik, eine ältere Schwester saß zurückgelehnt auf einem Stuhl, hatte die Beine hochgelegt.

An der Zimmertür 107 hielt ich inne, lauschte. Hatte man mich gesehen, gehört? Ich schlüpfte in meine Handschuhe, wischte über die Kleidertaschen, ob nichts darin klapperte, drückte die Türklinke nieder, glitt lautlos ins Zimmer.

Der Schwerkranke lag wie aufgebahrt in seinem Bett. Zuvor mussten seine Kissen aufgeschüttelt worden sein. Das Tablett mit dem Abendessen war abgeräumt. Ich blickte dem Kranken ins Gesicht, noch bevor ich seine Umgebung in mich aufnahm.

Lensky hob den Kopf, seine Augen sahen, was sie sehen sollten, eine alte Bekannte.

Mörder meiner Seele, sagte ich, oder flüsterte ich?

Ein Lächeln flog über sein Gesicht. Dann fuhr ich fort: Conny erwartet Sie hinter der Tür.

Sein Lächeln konnte sich nicht halten, aber er wollte etwas sagen. Ich gestattete es ihm nicht. Griff unter seinen Kopf, zog das Kissen weg, das warme, schwitzige Kissen, drückte es mit der Kraft eines Zentauren auf sein Gesicht. Eiseskälte lag zwischen uns, seine Arme begannen zu rudern, seine Hände griffen die Kristalltröpfchen in der Luft, er strampelte.

Ich presste, die Sekunden tickten wie ein Metronom. In mir war nichts als Sekunden zählen und pressen.

Der Mann unter der Decke bäumte sich auf, ich presste, zählte. Mein Gewicht auf dem Kissen wog mehr als alle Minuten, die ich gelebt hatte, ich musste sie noch verdoppeln. Verdoppelte sie mit der Wut aller verborgenen Kräfte.

Die Decke über dem Mann gab allmählich nach, seine Arme sanken herab, seine Hände wurden still. Neue Minuten brachen an. Dann hörte ich auf mit dem Zählen, atmete wieder, kam wieder zu Atem, fror, zitterte.

Es war getan. Ich hatte den jungen Mann in dem alten getötet.

Ich hätte es schon damals tun müssen. Nahm das Kissen von seinem Gesicht, hob seinen Kopf, breitete das Kissen unter seinem Schädel aus, bettete ihn wie eine Krankenschwester und zog die Decke über seinem Leichnam glatt. Die Arme des Toten lagen entspannt, auf seine Stirn trat die Blässe des Abends. Seine Augen hatte er vor dem Sterben geschlossen. Seine Lippen waren leicht geöffnet, als wäre es ihm doch noch vergönnt gewesen, ein Wort zu sagen.

Ich prüfte mein Werk, trat ans Fenster, sah durch den Rollladen in die Dämmerung, erblickte die Besucher im Freien, leuchtende Fische in einem grauen Wasser. Wandte mich der Tür zu, hörte Schritte auf dem Gang. Hielt den Atem an. Die Schritte gingen weiter. Auf meiner Armbanduhr war es fünf Minuten vor neun. Die allgemeine Besuchszeit endete in einer Stunde. Die Schritte auf dem Gang waren verhallt.

Ich drückte die Klinke, öffnete die Tür einen Spalt breit, der Gang lag ruhig wie zuvor. An der Nottreppe standen zwei Schwestern, sie verschwanden in dem Moment, als ich auf den Gang huschte, die Tür hinter mir lautlos schloss. Ich ging am Stationszimmer vorbei, die Schwester von vorhin saß nicht mehr dort, nur die Musik aus dem Radio spielte. Ich nahm den Weg zum Ausgang, verstaute die Handschuhe in den Taschen meines Kleides, dann lief ich ohne Eile in den offenen Fahrstuhl. Wieder war ich allein. Der Schweiß rann wie Eiswasser über meinen Rücken. Ich fuhr hinab. In der Halle spielten Kinder, ihre Mütter standen mit den Kranken um einen Aschenbecher versammelt. Gierig sog ich den Rauch in meine Lungen. Dann verließ ich ruhigen Schrittes das Krankenhaus. Der Pförtner in seinem Glaskasten saß über Papiere gebeugt.

Ich trat auf die Straße, überquerte den Fahrdamm, näherte mich der Bushaltestelle. Der Bus kam mit mir. Ich stieg ein, fuhr mit dem Bus nach Haus.

Ich hatte nicht viel Nützliches in meinem Leben vollbracht. Wäre mein wohlhabender Vater nicht gewesen, dessen Vermögen ich langsam aufzehrte, steckte ich heute in einem Vorzimmer, perfekt in allen Geschäftssprachen, geschliffen im Umgang mit Managern und Subalternen, meinem Chef eine loyale rechte Hand. Eingerichtet in einer schmucken Schachtel, meine tägliche Moral glänzend wie ein Rosendiamant. Das fünfte Gebot meiner christlichen Erziehung hätte ich bestimmt niemals übertreten. Die Tat aus meiner Selbstgerechtigkeit wäre mir erspart geblieben. Und doch war ich heute an diesem Sonnabend jenseits meines Rufuskalenders der glücklichste Mensch seit meiner Geburt.

An diesem Sonnabend nach Pfingsten war es mir

gelungen, ein ungesühntes Verbrechen mit einem Sühneverbrechen zu ahnden. Der Gipfel meiner Nützlichkeit schien erreicht. Befreit von langer Schmach, sehnte ich mich nach Gesellschaft, nach irgendeiner Gesellschaft, und ich rief, vor Überschwang tänzelnd, die bleierne Wanda an, lud sie ein zu einem Abendessen. Wir verabredeten uns im Mignon in der Meinekestraße, für Damen der richtige Ort, unauffällig zu schwelgen.

Ich machte Toilette, hörte mich trällern und wählte eine dunkle Seide aus meinem Kleiderschrank. In der dunklen Seide bewegte sich ein Durchschnittsmensch wie ich flüssiger, leichter. Die Eleganz des Stoffes überspielte meine Zentaurfähigkeiten, die so plötzlich in Erscheinung getreten waren.

Der Schweiß der Erregung war abgewaschen, das Haar frisch frisiert. Ich legte Rouge auf gegen die Trauer in meinem Herzen.

Cornelia hätte meine Maske durchschaut. Du kannst dich nicht gescheit verstecken, Feline, siehst aus wie ein Clown, mach dich nicht lächerlich.

Aber heute wollte ich mich lächerlich machen.

Wanda hatte Zügel angelegt, ihre Trauer eingefangen und in viele geheimnisvolle Schleier gehüllt.

Ich muss dir etwas zeigen, sagte sie, ehe wir unseren Tisch im Mignon erreichten. Es lag in meiner Post. Seit Tagen habe ich meine Post nicht angeschaut, habe alles liegen lassen, wie du dir denken kannst.

Wanda griff in ihre Handtasche, zog ein schmales Kästchen hervor, dann einen wattierten Umschlag, stellte das Kästchen vor mich hin, um meine Neugier zu wecken.

Der Kellner kam. Ich bestellte das Menü, im Mignon gab es meistens nur ein Menü. Diesmal ein Pilzomelett zur Vorspeise, Lammnüsschen auf Duftreis mit verschiedenen Gemüsen als Hauptgang, zum Nachtisch Nougateis mit eingelegten Pflaumen.

Der Kellner brachte den Wein, einen sanften Roten. Wanda öffnete das Kästchen. Darin lag eine Brillantrose an einem Weißgoldstrick.

Ein Gruß von Cornelia, flüsterte sie.

Sie zeigte mir den wattierten Umschlag, er trug Cornelias Handschrift. Der Poststempel war unleserlich, auf der Visitenkarte stand das Datum vom Pfingstsonntag. In aller Freundschaft hatte sie auf die Rückseite der Karte geschrieben, mit einem C. unterzeichnet.

Post aus dem Jenseits, sagte ich.

Meine Knie schlugen aneinander, ein kühler Schauer kitzelte meinen Nacken.

Wanda blickte entsetzt auf das Kleinod. Ich wollte dich gleich anrufen, als ich es entdeckt habe, sagte sie, aber dann habe ich mich erst einmal verkrochen, habe nicht gewagt, es anzufassen.

Es sind doch schon einige Tage vergangen, Wanda, tröstete ich sie. Eine wundervolle Geste, fügte ich hinzu. In aller Freundschaft, Wanda, Cornelia hat an dich gedacht zuletzt.

Vielleicht wollte sie mir zum Schluss noch einen Streich spielen, flüsterte sie wieder. Verstehst du, Feline, einen Streich.

Aber nein, Wanda, warum einen Streich?

Weil ich Brillanten nicht mag, sagte Wanda entschieden.

Dann nimm die Geste, vergiss den Brillanten, versteck ihn irgendwo.

Vielleicht sollte ich zur Polizei gehen, Feline, die Sache ist mir unheimlich.

Wanda nahm das Kästchen an sich, verschloss es, steckte es zurück in die Tasche, faltete den Umschlag sorgfältig, verstaute ihn ebenfalls.

Eine Ohrfeige, sagte sie. Cornelia hat mir zuletzt eine Ohrfeige verpasst, ohne Grund, Feline, ganz ohne Grund.

Du steigerst dich da in etwas hinein, sagte ich, der Brillant war ihr liebstes Stück. Sie hat ihn früher täglich getragen, ein Geschenk vom Pillenkönig, dem Elenden.

Wanda nickte düster.

Er stand auch ihr nicht, murmelte sie. Frauen wie wir sollten keine Brillanten anlegen.

Der Kellner trug die Vorspeise auf, Wanda unterbrach ihren programmatischen Satz, musterte die Gäste und starrte dann auf ihren Teller.

War ich zu laut, Feline?

Geschmacksfragen können nicht laut genug erörtert werden, entgegnete ich.

Das Pilzomelett duftete, ich stürzte mich mit großem Appetit darauf.

Wanda musterte auch mich. Dass du so essen kannst, sagte sie vorwurfsvoll.

Soll ich darben, Wanda, sind wir deswegen hier, oder haben wir uns zum Essen verabredet?

Mir bleibt jeder Bissen im Hals stecken, klagte sie.

Warum hast du dann meine Einladung angenommen, Wanda?

Ich weiß nicht, Feline, ich weiß nichts mehr. Cornelias Tod hat mich völlig aus der Bahn geworfen. Ich verstehe es nicht, empfinde ihre Tat als eine Zumutung für uns alle!

Dürfen Freunde einem nichts zumuten, Wanda?

Nicht das Letzte, rief sie empört. Ohne Ankündigung, ohne Abschied.

Mit Abschied, korrigierte ich sie, schriftlich, in aller Form.

Grauenhaft, schnaubte sie. Bösartig, setzte sie hinzu.

Du erlaubst, dass ich weiteresse, fuhr ich sie an. Die Gäste wandten die Köpfe. Ich hob mein Glas, Wanda trank das ihre in einem Zug leer. Das Pilzomelett ließ sie stehen. Der Kellner räumte die Teller ab. Ich sagte: Die Lammnüsschen nur für mich, die Dame kann leider nichts zu sich nehmen.

Der Kellner lächelte.

Ich aß den Hauptgang, trank, nahm den Nachtisch, bestellte Kaffee. Wanda saß vor der Flasche, als hätte ich sie in der Wüste ausgesetzt. Ich schenkte ihr nach und bat um eine weitere Flasche.

Post aus dem Jenseits, kicherte sie plötzlich, ein Witz, ein schlechter Witz.

Ihr Kichern erschreckte mich, dann kicherte ich mit, besser wir kicherten, das ersparte mir die Kommentare gegen ihre kindische Auffassung von Freundschaft.

Sie zerrte den wattierten Umschlag aus ihrer Tasche, legte ihn zwischen uns, blitzte mich an. Cornelias Post aus dem Jenseits zeugt von schlechtem Geschmack, sagte sie. Ich will, dass du diesen Brief an dich nimmst, zur Polizei trägst als Beweis für ihren schlechten Geschmack.

Die Polizei interessiert sich bestimmt nicht für Cornelias Liebesgaben an ihre Freunde. Geschmack hin, Geschmack her, meine Liebe.

Wanda zuckte zusammen, nahm den Umschlag, steckte ihn wieder ein.

Entschuldige, Feline, ich bin ein wenig durcheinander, es will mir nicht in den Kopf, ich krieg's nicht zusammen. Zwei Tage vor ihrem Tod hat sie noch ein Kleid bei mir gekauft. Sie war voller Pläne für diesen Sommer, Feline, voller Pläne.

Ihr Kleinmädchenverstand verlor sich in den Widersprüchen unserer Verblichenen.

Ich war müde geworden. Meiner Großtat folgte die Ermattung, der Rausch des frühen Abends war verflogen, der sanfte Rote floss wie ein träger Strom durch meine Adern. War das der Lohn, den ich mir versprochen hatte? Ich bat den Kellner um die Rechnung. Wanda wollte mich nach Hause fahren, ich lehnte ab. Wir trennten uns vor dem Lokal.

Der erste Sonntag nach Pfingsten weckte mich wie ein Sieger. Blauer Himmel, wolkenlos. Ausgeschlafen, erlöst, ohne Kater sonnte ich mich in ihm. Aber nur kurz, dann fiel mein Blick auf das helle Leinenkleid, das ich gestern sorglos an den Schrank gehängt hatte.

In den Seitentaschen steckten die Handschuhe. Möglicherweise trug der Stoff Spuren des Toten. Ich sprang aus dem Bett, riss das Kleid vom Bügel, lief ins Badezimmer, stopfte es in die Waschmaschine, rannte in die Diele, griff die Tennisschuhe, warf sie dazu, schloss das Bullauge. Stellte die Waschmaschine an.

Mein Triumph schlug um in Panik. Während der Kaffee in die Kanne sprudelte, rekapitulierte ich den gestrigen Abend. Schritt für Schritt. Jemand könnte mich auf dem Gang vor Lenskys Zimmer von hinten gesehen haben. Eine Frau im hellen Kleid, schmal, flink, mit wehendem Haar. Welche Farbe hatte ihr Haar?

Ich sprang unter die Dusche.

Die Frau war nicht mehr jung, aber ihr Haar wehte, es hing ihr in braunen Locken wirr um den Kopf.

Das Haar war jünger als die Frau, ihr Schritt war jünger als sie. Schlanke Fesseln, kleine Füße, Sprinterfüße in Tennisschuhen. Ein zierlicher Hals, gerade Schultern.

Und woher nahm sie die Kraft, einen Mann zu ersticken?

Es war ganz leicht, weil das Opfer schwach, auf den Tod, in den Kissen lag.

Eine feige Tat. Die einzig mögliche, vom Zufall geschenkte, lang erträumte, fast zu spät.

Ich fieberte nach Gewissheiten, konnte sie mir nicht verschaffen, durfte sie mir nicht verschaffen. Das Urteil hieß warten. Auf dem Balkon stand die Sonne. Die Maschine im Bad arbeitete für mich. Gestern glaubte ich an meine Unsichtbarkeit, heute erkannte ich mich in allen Gesichtern wieder, die mir im Krankenhaus begegnet waren. Sogar der Busfahrer am Spandauer Damm könnte bestätigen, dass ich kurz nach neun zugestiegen war, gegenüber vom Krankenhaus. Die Frau im hellen Kleid.

Ich verfolgte mich selbst, als müsste mein zweites Ich das erste in den Schatten stellen.

Es klingelte. Es klingelte nochmal. Jetzt war es so weit. Ich sah eine Horde Uniformierter die Treppen hinaufstürmen, dann drückte ich den Summer.

Vor der Tür stand ein Postbote mit einem Eilbrief. Bevor ich ihm ein Trinkgeld geben konnte, war er schon wieder die Treppen hinabgerannt. Der Brief kam von Rufus. Schlagartig überfiel mich große Ruhe. Ein Brief am Sonntag aus dem Südschwarzwald, ein Ereignis ersten Ranges. Ich scharrte mir ein Plätzchen auf dem Sofa frei, goss mir einen Sherry ein, mein zweites Frühstück, und öffnete den Brief.

Meine liebe Feline!
Cornelia diktierte, wir folgten. Sie diktierte auch das Letzte, darum bin ich ihr nicht gram.

Es wird mir leider nicht möglich sein, bei der Trauerfeier von ihr Abschied zu nehmen, ich stehe unter Vertrag, kann ihn nicht aufschieben, muss in den nächsten zwei Tagen in die Karpaten reisen.

Bin erst wieder Anfang Juli erreichbar. Am 2. Juli sind wir in Waldshut verabredet, so steht es jedenfalls in meinem Kalender. Selbstverständlich werden wir unsere arme Tyrannin dann unter den Tannen begraben.

Die Waffe, liebe Feline, gehört mir. Eine Ehrengabe unter Jägern. Cornelia muss sie mir schon vor einiger Zeit bei einem Blitzbesuch in der Emser Straße entwendet haben. Ich habe die Makarow nie vermisst, da sie mir nicht gut in der Hand lag. Alles Weitere später.

In Liebe, Rufus

Waldshut am 16. Mai
P.S. Habe mehrmals bei Dir angerufen am letzten Freitag, dann Sonnabend. In Cornelias Wohnung, wo ich Dich vermutete, antwortete der Apparat. Wollte Dir sagen, dass ich bei der hiesigen Polizei eine Aussage gemacht habe, die Makarow betreffend. Du musst Dich darum nicht mehr kümmern.

Der Brief riss mich aus meinen kleinlichen Ängsten. Dass der Revolver aus seinem Waffenschrank stammte, hätte ich wissen können, obwohl ich keinen Blick hatte für Gewehre, Revolver, Pistolen. Es hätte mir aber einfallen können, dass die Makarow ihm gehört. Cornelia wird auch mein Tagebuch von damals genommen haben, das verschwundene.

Ich hatte es nicht verloren oder versehentlich weggeworfen. Sie hatte es genommen und geschworen, es nie gesehen zu haben.

Sie hatte vor mir gestanden in diesem Zimmer, hatte die berühmten drei Finger gereckt: Bei aller Liebe, Feline, ich habe es nicht mitgehen lassen. Du wirst es verschlampt haben in deinem Ordnungsfimmel. Irgendwann taucht es wieder auf, freu dich auf diesen Tag, Feline.

Sie nahm Rufus' Revolver, und sie nahm mein Tagebuch.

Was nahm sie noch?

*

Sie nahm sich das Leben, sagte Toni am Dienstagvormittag im Krematorium.

Die Trauergesellschaft, Zeitungsleute, Freunde, Bekannte, war zusammengerückt, gleich würden sie sich an den Händen fassen.

Sie wollte bestimmen, wann ihre letzte Stunde gekommen ist, fuhr Toni fort. Sie wollte ihre Entscheidung mit niemandem teilen, denn selbstverständlich hätte jeder eine solche Entscheidung in Frage gestellt. Ein gesunder Mensch geht nicht von heut auf morgen davon, lautet eine gängige Regel, wer es dennoch tut, versetzt die Zurückgebliebenen in Ratlosigkeit und Schrecken. Aber ich frage Sie, was heißt das, ein gesunder Mensch sein? Was verbirgt sich hinter dieser

Vokabel? Eine unveränderliche Eigenschaft, die Unversehrtheit des Geistes, des Leibes und der Seele? Verbirgt sich hinter diesem Ausweis vom gesunden Menschen nicht auch immer wieder sein Gegenteil?

Wanda, die vorn neben mir saß, stieß mich mit dem Ellenbogen in die Seite, raunte mir ins Ohr: Ich mag nicht, was er sagt.

Es ist sein Lieblingsthema, flüsterte ich. Die Krankheit zum Tode, das Leiden, das in uns steckt, uns früher oder später alle infiziert. Er will weg von der üblichen Moral.

Wanda schüttelte den Kopf: Aber wir halten uns doch fest an der Moral, Cornelia war bis zum Schluss eine Moralistin, ohne sie stünden wir verloren in der Welt, hat sie immer gesagt. Wanda fing an zu weinen.

Der Tod ist unser ständiger Begleiter, setzte Toni seine kleine Ansprache fort. Dennoch haben wir ihn nicht gern an unserer Seite. Wir haben es auch nicht gern, nur begrenzte Zeit leben zu dürfen, drängen den Tod aus unserem Bewusstsein, halten ihn von uns fern. Wer ihn an sich herankommen lässt zur falschen Zeit, muss in unseren Augen nicht gesund sein. Wer ihn sucht, wird im Allgemeinen der Feigheit vor dem Leben geziehen, wer eigenmächtig Hand an sich legt, wird sein ewiges Leben nicht im Himmel verbringen. Wer eigenmächtig Hand an sich legt, hat unser Mitleid verwirkt, unsere Liebe verloren. Unsere Liebe kann den Tod nicht erreichen, er ist der Stärkere. Er hat die Macht.

Cornelia hat die Macht des Todes gesucht, ihr müssen wir uns beugen.

Der Sarg stand geschlossen auf einem schwarzen Podest, gesäumt von weißen Lilien, bedeckt von roten Rosen, Kränzen, letzten Grüßen. Säulenkerzen brannten. Am offenen Sarg wollte niemand von der Toten Abschied nehmen.

Es roch nach schweren Parfüms. Toni lehnte wie ein Soldat gegen eine unsichtbare Wand vor dem Sarg. Er sprach frei. Sein Pathos verhallte. Er verteidigte Cornelias Weggang. Seine Trauer geschehe ihm recht, sagte er, weil seine Selbstliebe durch ihren kühnen Schritt einen Riss bekommen habe. Er vermisse sie, ihre Abwesenheit sei nicht einfach zu verschmerzen. Er hätte gern weiter mit ihr über die Dinge des Lebens gestritten. Um den Tod könne man nicht streiten.

Wanda schluchzte auf. Madeleine in der zweiten Reihe reichte ihr ein Taschentuch über die Schulter. Wanda schlug es aus, ihre heftige Bewegung riss uns alle mit. Wandas Schluchzen war der Auftakt zu allgemeiner Gemütsbewegung.

Tonis Worte gingen alsbald in Tränen unter. Er wagte ein halbes Lächeln, sagte zum Schluss: Wir sind traurig, weil Cornelia so früh weggegangen ist, jetzt müssen wir nach rückwärts blicken, um sie unter uns zu entdecken.

Zwei junge Frauen traten vor, verneigten sich, zauberten ihre Kindergeigen hinter dem Rücken hervor, spielten Vivaldi, so wie man es manchmal in den U-Bahnhöfen hören kann. Als ich sie aus dem Lärm der Friedrichstraße gefischt hatte, war für einen Moment Cornelias Lachen in meinem Ohr. Sie fidelten hinreißend komisch, ihre Gesichter waren blass, jungfräulich. Cornelias Lachen in meinem Ohr schien meine Wahl zu bestätigen. Die kleinen Fratzen waren begeistert gewesen, bei einer Trauerfeier spielen zu dürfen. Wir wurden uns rasch handelseinig. Ich zahlte ihnen so viel, dass sie endlich einmal vierzehn

Tage ausspannen konnten. Verreisen wollten sie von dem Honorar, wegfahren, weit weg. Dann ergriff Armin Wolf das Wort, der junge Kollege, Cornelias letzter Liebhaber. Er fasste sich kurz, wiederholte die Schwärmereien aus seinem veröffentlichten Nachruf auf die hohe Frau. Ich schloss beruhigt die Augen. Die Freunde schwelgten.

Cornelias Chef, der grau melierte Herr vom Blatt, in dunklem Tuch, suchte nach einem längeren Schlusswort, als er die Trauergäste im Namen seiner Zeitung begrüßt hatte.

Er war nie ein Freund Cornelias gewesen, ein Vierteljahrhundert gepflegter Gegnerschaft unter einem Dach verband die beiden. Entsprechend mager sah sein Spickzettel aus. Er rechnete uns allen vor, wann Frau Findeisen beim Blatt angefangen, wie sie sich allmählich von der Reporterin zur Kolumnistin gemausert habe. Er rühmte ihre Kollegialität, ihren Mutterwitz, der die Leser so beglückte, er erhöhte die Tote, stellte sie auf einen Sockel, auf dem sie im Leben nie gestanden hatte. Seine Verlogenheit, seine geheuchelte Trauer, seine angebliche Hochachtung vor der Alltagsbeobachterin glätteten die Gegensätze, die das Leben würzen.

Toni grinste mit den Nasenlöchern, Wanda fühlte sich endlich in der richtigen Vorstellung. Lorenz hielt gelangweilt die Augen geschlossen, Karla saß gespannt nach vorn gebeugt. Die Sonne glänzte in den Burgfenstern des Trauersaales, beglänzte die Andacht der Zuhörer.

Ich erwartete sehnsüchtig meine fidelnden Nixen, erwartete die Fahrt des Sarges in den Hades. In dreißig Stunden würde ich die Urne mit Cornelias Asche in Empfang nehmen können, versprach die Krematoriumsverwaltung. Ein Wunder würde geschehen in diesem Land, in dem Tote kein Privateigentum sein dürfen.

Dann kam der Leichenschmaus im Hotel Bristol. Es gab volle Gläser und dichtes Gedränge, Anekdoten wurden ausgetauscht. Freunde fürs Leben sammelten nichts anderes, gute Freunde kamen nicht mit leeren Herzen. Wanda schluchzte begeistert, Toni stand eisern bei mir, Madeleine hielt sich eisern zurück. Die Corneliagesellschaft konnte sich sehen lassen. Karla, die Samtaugen fragend auf Lorenz gerichtet, schwieg lange. Lorenz sprach vom atomisierten Geist Cornelias und ergab sich der sanften Trunkenheit.

Dann kam die Rede auf Lensky, dem Cornelias Tod so nahe gegangen sein muss, dass ihm das Herz plötzlich stille stand. Er starb an Herzversagen vor drei Tagen, sagte Lorenz.

Die alte Feline durfte sich einen Augenblick lang auf der Rückseite des Mondes sonnen.

Karla machte plötzlich den Mund auf und fragte: Was wird denn aus uns?

Sie kam mir vor wie ein Kind, dem man ein Lieblingsspielzeug weggenommen hat.

Ich gehe auf Reisen, sagte ich. Im Herbst treffen wir uns wieder in Cornelias Wohnung.

Lorenz nickte, er schien einverstanden. Karla hockte sich ergeben in einen Stuhl. Toni sagte: Die Pfingstgesellschaft braucht Ferien, aber was geschieht mit Cornelias Asche, Feline?

Karla wurde wieder munter. Die Urne, rief sie, wer kümmert sich darum?

Wanda warf mir einen Blick zu, der mir sagen wollte: Treib es nicht zu weit, Feline!

Die Beisetzung der Urne findet in aller Stille statt, sagte ich.

Rufus Findeisen wünscht es so. Cornelias Bruder.

Angenommen, sagte Toni.

Die anderen schwiegen. Wanda nestelte nervös in ihrer Tasche, ich fürchtete, sie würde die Post aus dem Jenseits hervorzerren, doch sie suchte nur ein Taschentuch, das sie sich an die Augen presste.

Lorenz fügte sich ganz in meine Regie, was mich beunruhigte. Er war still oder lächelte brav wie ein gut erzogener, alter Junge. Dann sprang er auf und umarmte mich. Rannte aus dem Saal. Karla rannte ihm nach.

Andreasspalte

Auf Reisen haben wir meistens misstönige Duette gegeben. Cornelia ließ ihren runden Bass dröhnen, dirigierte mich über Bahnhöfe, Busstationen zum Billettkaufen, und ich mit meinem fadendünnen Sopran erschreckte die Leute, erschreckte sie auch, weil ich mich überall vordrängte, im Gewühl immer die Nase vorn hatte.

Im Sommer reisten wir für mehrere Wochen nach Meran, schon seit Jahren, um im Spiegel der Alten unsere verflossene Jugend zu feiern. Cornelia blühte auf unter den Greisen, ihr Bass wurde noch fülliger. Sie genoss ihre Aufmerksamkeit, liebte den Umgang mit dem Hotelpersonal. Mal war sie die Herrische, Launische, die mit den Zimmermädchen zankte, die Kellner anblaffte, mal zelebrierte sie ihren urmütterlichen Charme, verteilte großzügig Trinkgelder und scherzte mit jedermann.

Cornelia war nie zu übersehen, mich übersah man leicht in ihrem Windschatten, dennoch passte mir die Rolle, oder ich hatte mich an sie gewöhnt.

Als ich jetzt in Meran ankam, hatte ich allen Ballast abgeworfen, musste nicht mehr durch den Bahnhof nach einem Taxi rennen, musste mir keinen Bass ins Ohr blasen lassen. Cornelias Freunde waren weit weg, ich musste nichts mehr behaupten, musste mich nicht behaupten. Seelenruhig stellte ich meine Koffer ab und sah den Leuten beim Reisen und Ankommen zu. Es war heller Vormittag, Ende Mai, die Sonne schien in Meran.

Ein Livrierter stand plötzlich vor mir. Ihre Koffer, Signora?

Ich nickte. Er nahm sie, ich sagte: Hotel Weißer Hirsch.

Um Handkoffer befand sich die Urne, die schweigende Cornelia.

Ihr Schweigen war mein Vorteil.

Das Taxi brachte mich zum Hotel, an der Rezeption wurde ich als Signora Findeisen begrüßt. Hoppla, sagte ich, Signora Schneider.

Cara, mia, Signora Schneider.

Danach sprachen wir deutsch.

Signora Findeisen ist tot, sagte ich.

Große Augen, erschrockenes Lächeln waren die Antwort. Dann bezog ich unsere Zimmer. Cornelia hatte sie schon letztes Jahr gebucht, zwei Zimmer mit Terrasse. Blick auf die Berge.

Cornelia kam auf den Toilettentisch. Meine Notizen ans Fenster, das war ein Anfang. Nur der Wind von der Terrasse könnte sie durcheinander bringen, oder ich könnte sie durcheinander bringen. Cornelia hatte keinen Zugriff mehr. Von Cornelia musste ich nichts mehr befürchten, sie konnte nichts mehr durcheinander bringen oder wegnehmen. Ihr Stöbern in meinen fliegenden Blättern hatte ein Ende. Ich war für sie ein offenes Buch gewesen, in dem sie mit einem gewissen Besitzerstolz geblättert hatte, vor allem auf unseren Reisen. Sie nahm sich, was sie brauchen konnte für ihre Kolumnen, sie nahm aus reiner Freundschaft. Benutzte meine Wörter, machte sich meine Gedanken zu Eigen, zog sie auf ihre Seite, als müsste ich ihr von Natur aus mit meinem Fundus zuarbeiten. Sie fragte nie, kann ich, darf ich, gibst du mir, schenkst du mir, sie nahm.

Zeitweise machte ich mir einen Spaß daraus, sie zu bedienen, oft köderte ich sie mit unsinnigen Formulierungen oder schlichtem Nonsens. Sie hatte ihren Vorteil trotzdem, oder sie war plötzlich für fünf Minuten beleidigt und nannte mich großspurig Verräterin, auch albernes Kind. Meistens ließ ich mich benutzen, merkte nicht einmal, dass es so war, sagte ihr, was ich dachte, wie ich Dinge sah, gewöhnte mich an unser Spiel. Ein selbstverständliches Spiel, so selbstverständlich wie die Kleider, die ich trug.

Die Urne Cornelia war jetzt nur noch mein Denkmal.

In der Halle zum Weißen Hirschen saßen die Hausgäste. Gut gekleidet, friseurbehandelt, kosmetisch verjüngt. Uraltgestein. Vorwiegend Frauen, die wenigen Männer waren zu Kindern geworden, sie kicherten, trippelten durch die Halle, als trügen sie zwischen den Beinen schmerzende Klötze. Getränke wurden serviert, Flakondüfte hingen in der Luft. Ich war in einem Altersheim für gut situierte Damen gelandet. Ihre Männer fungierten als Statisten, Zitate aus einem fernen Leben. Hier durfte ich nicht alt werden, der Weiße Hirsch, das spürte ich sofort, war kein Ort für den Sommer. Mein Gewohnheitskalender musste neu geschrieben werden. Greise wollte ich nicht um mich haben. Cornelias Blick auf die Alten sollte nicht durch meinen wahr werden.

Ich bestellte beim Kellner einen Campari, saß am

Panoramafenster, blickte in den Garten, aus dem in den letzten Jahren ein Park geworden war. Mit Wegen für die Alten, also Kies, kurz geschnittenem Rasen, zurechtgestutzten Bäumen und Bänken in langer Reihe. Die berühmt-berüchtigten Bänke, besetzt von Rentenempfängern und Pensionären. Ich spülte meinen Unmut hinunter.

Drei Tage, keinen Tag länger wollte ich bleiben. Drei Tage Schonfrist in Meran.

Cornelia war nirgends zu sehen in diesem Bild. Dafür erschien Mister David Springfield, hoheitsvoll schreitend, weiß gekleidet wie ein Tropendoktor, Abkömmling der Königin von Saba, seit einigen Jahren auch als Lazarus von Meran bekannt. Irgendein Landarzt hatte den angeblich Todkranken wieder zum Leben erweckt, nach einem Herzstillstand auf dem Tennisplatz. Aus lauter Dankbarkeit war der gebürtige Amerikaner mit dem kleinasiatischen Gesicht und seiner ägyptischen Statur in Meran hängen geblieben. Hauste irgendwo bescheiden unter dem Dach in der Innenstadt, besuchte die Hotels, um große Welt zu schnuppern. Angeblich war er ein Spieler, gewann, verlor, ganz wie es kam. Er ging mit lebensmüden Witwen spazieren, ließ sich zum Diner einladen, machte manches alte Fräulein wieder glücklich durch seinen nachtschwarzen Augenaufschlag.

Selbstverständlich hatte Cornelia ihn entdeckt, ihn vor einigen Jahren zu ihrem Begleiter durch die Meraner Nacht erkoren. Sie hatte ihn fürs Blatt porträtiert, aber sie war nicht auf seine Avancen hereingefallen. Amüsiert hatte sie seine Knöchelchen befingert, sein Kinn gestreichelt, war ihm um den Hals gefallen, hatte seine Wirbel gezählt, seine Rippen und gesagt: An dem Kerl ist nix echt, er trägt Korsett und eine Hasenpfote im Hosenstall. Nur die Fassade stimmt.

Mister Springfield trat erfreut auf mich zu, verbeugte sich.

Ernüchtert, ihn aus der Nähe zu sehen, schloss ich die Augen. Ihm fehlten wieder ein paar Lachfalten, sein geschneckeltes, tiefschwarzes Haupthaar lichtete sich bedenklich. Seinen Schildkrötenhals konnte er schlecht verbergen, trotz kunstvoll geschlungenen Tüchleins.

Madame Cornelia, sagte er mit dunkler Stimme, ich habe Sie längst erwartet.

Madame ist oben auf ihrem Zimmer, erwiderte ich.

Er schlug sich verlegen an die Stirn, sank in einen Sessel, ließ das Gebiss sehen, dann presste er hervor: Verzeihen Sie, Miss Feline, wie konnte ich nur.

Dem Kellner gab er den Auftrag, einen Whiskey zu bringen auf viel Eis. Wir plauderten, Springfield bekam seinen Whiskey, nippte, versuchte es mit einem Lächeln, was ihm nicht mehr so recht gelingen wollte.

Dann begleitete er mich in den Park. Die Berge schnitten ihre blauen Silhouetten ins rosige Abendlicht, für einen Augenblick kehrte eine mir vertraute Stimmung wieder, dann sprach Springfield den stimmungsfeindlichen Satz: Ich vertrage keinen Whiskey mehr, und verschwand hinter den Bäumen.

In den Bergschatten vertieft, wartete ich einen Moment, ehe ich auf das Haus zuging, Springfield seinem Unwohlsein überließ. Mich fröstelte.

Der Barkellner Luis wusste nicht genau, ob er mich wiedererkennen sollte. Allein reisende Damen waren sein täglich Brot. Wie im Vorjahr bediente er seine Gäste, ohne mit der Wimper zu zucken oder seine

Mundwinkel zu verziehen. Schweigen herrschte im Barwinkel der großen Gaststube, denn natürlich war kein Tisch frei am Abend, und ich musste an der Bar sitzen, warten, bis mir ein Plätzchen zum Essen zugewiesen wurde.

Eine bekannte Stimme erschütterte plötzlich mein Trommelfell. Frau Feline! Die Baronin Nußbaum stand hinter mir, alljährlicher Sommergast aus Wien. Eine Matrone aus Gusseisen, im Kreuz fest vertäute Stahlstreben, die nicht rosteten. Heißhungrig schloss sie mich sofort in ihr Umspannwerk, ich kam kaum zu Atem.

Dass Sie wieder da sind, Frau Feline. Sie müssen unbedingt an unseren Tisch kommen, da ist grad noch ein Stühlchen frei. Die Fanny, meine Tochter, hat Sie hier im Eck entdeckt, erinnern Sie sich noch an die Fanny? Ein nicht endender Schwall unsortierter Sätze regnete auf mich herab. Luis gab mir mit einem Kopfnicken zu verstehen, dass er mein Glas an den Tisch der Nußbaum bringen werde.

Ohne viel Federlesens wurde ich sanft, aber bestimmt mitten in die Gaststube bugsiert. Schaut, wen wir hergefischt haben?

Kleinäugige, schmalwüchsige, alterslose Wesen, auch ein Männchen darunter, blickten erwartungsvoll zu mir auf. Ein Stühlchen glitt automatisch in meine Kniekehlen, da saß ich, überrumpelt, als hätte man mich entführt.

Nun sind wir fast wieder komplett, sagte die Baronin. Ein kollektives Lächeln kam als Antwort.

Fanny, das Töchterchen, der Mama gar nicht ähnlich, grinste mir freundlich ins Gesicht: Wo haben Sie Cornelia gelassen, Frau Feline, macht sie noch Toilette?

Luis brachte mein Glas, ich nahm einen tiefen Schluck. Es wurde still am Tisch.

Die Baronin blickte zufrieden auf die Häupter ihrer Lieben. Sie wird schon noch kommen, die Frau Cornelia, auch der Mister Springfield wird bald hier sein, hab ich mir vorn am Empfang sagen lassen. Niemand von uns ist abgängig, das wär ja auch zu dumm.

Fanny bohrte ihre Äuglein in die meinen. Sie schauen traurig aus, Frau Feline, war der Winter bei Ihnen in Berlin auch so grässlich wie der bei uns in Wien?

Red nicht vom Winter, Fanny, das wissen wir doch alle längst, dass unsere Winter in der Stadt die grässlichsten sind, ausnahmslos. Warum soll Frau Feline einen weniger grässlichen Winter gehabt haben?

Fanny zog ihre Blicke zurück, strafte die Mama mit einer wegwerfenden Handbewegung, die Bedienung kam. Ich bestellte ein Filet Rossini, Salat, eine Karaffe Hauswein.

Das Männchen am Tisch, mir gegenüber, fixierte mich. Als ich ihm zulächelte, meinen vollen Namen hersagte, stand er auf, verneigte sich, nannte den seinen: Max Miller, Bürokrat im neunten Bezirk, seit gestern im Weißen Hirschen, im Schlepptau der Frau Nußbaum samt Hofstaat.

Die Matrone zog vergnügt die Augenbrauen in die Höhe, dann sagte sie: Ob man will oder nicht, man erkennt einander schon am Aug. Wiener erkennen sich am Aug, am Geschau. Den Herrn Miller konnte man beim besten Willen als Wiener in Meran nicht übersehen. In Wien übersieht man sich ständig, geht sich aus dem Weg, in Meran kommt man nicht aneinander vorbei.

Die anderen Damen im Kreis kannte ich flüchtig. Die Baronin kam immer mit Freundinnen in die Sommerfrische, sie spielten jeden Abend Canasta. Cornelia hatte sie Häkelliesen genannt, weil sie tagsüber im Kurpark saßen, das Garn im Schoß, das Werk unter der Nadel.

Fanny, die ledig war und um die vierzig sein musste, begleitete die Mama Jahr für Jahr, ein unzertrennliches Gespann. Eine schlanke Person, die Fanny, hoch gewachsen, nicht besonders hübsch, und weniger bissig als die Mutter.

Ich bleib ja nur vierzehn Tage am Ort, sagte Max Miller unvermittelt im breiten Dialekt seines neunten Bezirks, dann geht's weiter nach Venedig. Ist das nicht herrlich?

Die Damen blickten höflich, Fanny nickte zustimmend. Ich hab die Mama auch überreden können, diesmal einen Ausflug nach Venedig zu machen, wir werden Ihnen bestimmt auf den Fersen sein, Herr Miller.

Bestimmt nicht, Kind, rief die Baronin dazwischen. Venedig müssen wir streichen, leider.

Warum? Fanny wurde rot, meine Nachbarin, Frau Häkelliese, riss ihren Mund auf, um Fannys Warum mit einem Echo zu verstärken.

Weil es mir zuwider ist, sagte die Baronin leise.

Aber erlauben Sie, fiel Herr Miller ein.

Doch, doch, zuwider, Herr Miller.

Fanny schnappte nach Luft. Das ist gegen unsere Abmachung, Mama.

Du kannst ja allein hinfahren, sagte die Mama. Ich bleibe hier.

Vielleicht begleitet dich Frau Feline, ich jedenfalls habe in Venedig nichts zu suchen. Zu viele Menschen, die Hotels überfüllt, die Cafés voll gestopft, man bekommt ja kaum einen anständigen Platz irgendwo. In Meran haben wir alles, was wir uns im Sommer wünschen. Gute Luft, guten Wein, gutes Essen, eine bezaubernde Unterkunft, Vergnügungen und lohnende Spaziergänge, was wollen wir mehr?

Venedig sehen, schrie Fanny aufgebracht.

Ja, ja, Kind, magst fahren. Frau Feline, fahren Sie doch mit der Fanny, Frau Cornelia ist sicher auch mit dabei.

Die Bedienung kam, brachte die Teller, den Wein.

Bedaure Fanny, sagte ich, ich mag Venedig nicht besonders, das viele Wasser, die Gondeln, der unangenehme Geruch, nichts für mich.

Sie sind mein Mann, scherzte die Baronin. Lassen Sie es sich schmecken, Frau Feline. Das Rossini piccolo ist eine Delikatess, nicht wahr, Schnecke?

Schnecke, zur linken Fannys, hob nichts sagend die Schultern.

Die Stimmung sank. Herr Miller kuschte oder schnappte ein, die Zofen zogen lange Gesichter, Fanny blickte hochmütig, wollte den Aufstand gegen die Mama proben. Da kreuzte David Springfield auf im nachtblauen Anzug. Ein Lächeln ging über Fannys Stirn, die Baronin hielt ihm gerührt ihr Patschhändchen unter die Nase. Der Saal schaute zu. Ein Stuhl wurde gebracht, der Amerikaner an die Seite Fannys platziert.

Jetzt kann die Saison beginnen, sagte Frau Nußbaum, als stünde sie auf dem Theater in einem billigen Nestroy.

Morgen früh gibt's das erste Match, die Fanny hat extra ein neues Racket angeschafft.

Mister Springfield lächelte matt.

Mamas Tochter stichelte: Du machst schon wieder Programm, eh' wir uns angewärmt haben.

Alle Häkelliesen nickten der Tochter zu.

Oh, ihr Verschwörerinnen, rief die Nußbaum.

Springfield flüsterte Fanny ins Ohr. Max Miller grinste in sein Glas. Karaffen kamen auf den Tisch, frische Gläser.

Fanny steckte sich eine Zigarette an, Springfield schnorrte: Darf ich, Frau Fanny?

Sie reichte ihm das Päckchen. Die Mama sagte nichts. Max Miller stand auf, goss Wein in die Gläser.

Schnecke griff in ihr Abendtäschchen, zog auch eine Packung Zigaretten hervor. Wenn Fanny pafft, paff ich mit, sagte sie.

Die Baronin schnalzte: Raucht ihr nur alle eure Sargnägel.

Max Miller bedachte mich mit einem randvollen Glas, schürzte die Oberlippe zu einem Lächeln, das wie flirten aussehen sollte.

Fanny starrte finster über alle hinweg. Die Mama nahm Springfield in Beschlag. Max Miller trank mir zu mit verschmitztem Blick.

Eine Viertelstunde später legte er seine Hand auf die meine.

Der Nestroy nahm kein Ende.

Plötzlich sprang die Fanny vom Stuhl, als hätte sie der wilde Hafer gestochen.

Wo bleibt Cornelia, rief sie.

Alle Augen richteten sich erschrocken auf sie, dann auf mich. Aber Fanny wartete meine Antwort nicht ab.

Ich geh' sie holen, damit war sie aus dem Saal.

Max Miller hinderte mich daran, ihr hinterherzurennen, indem er meine Hand festhielt.

Das Kind hat kein Benehmen, murmelte die Mama. Da müht man sich ab ein Leben lang, doch der Erfolg lässt zu wünschen übrig.

Ihr ist halt langweilig, sagte Herr Miller.

Die Nußbaum wog ihr massiges Haupt. Trotzdem, so etwas schickt sich nicht. Frau Cornelia wird schon kommen, wenn sie mag, hab ich Recht, Frau Feline? Man muss ja nicht, wenn man nicht will, schon gar nicht in den Ferien.

Schnecke rauchte ihre zweite Zigarette.

Eine schöne Bescherung, maulte die Nußbaum. Am Ende ist Frau Cornelia noch reisemüde. Die Fanny, wie ein Kind. Das will erwachsen sein, eine Frau. Sie nehmen's ihr doch nicht übel, Frau Feline?

Max Miller begrub meine Hand in der seinen, die Häkelliesen hatten endlich etwas zu lachen. Der ganze Tisch lachte über die zwei Hände, eine auf der anderen. Sogar die Baronin machte große Augen, dann suchte sie wieder nach einem passenden Satz.

Der Amerikaner schwieg die ganze Zeit, irgendetwas stimmte nicht mit ihm. Das letzte Lifting war ihm wohl nicht bekommen, seine Mimik spielte nicht mehr mit, er trug die Maske des steinernen Gastes. Miller zog lachend seine Hand wieder zurück. Schnecke drückte nervös ihre Zigarette aus. Die Baronin wandte sich seufzend an den Mann im nachtblauen Anzug, versuchte ihn in ein Gespräch zu verwickeln, Springfield gab einsilbige Antworten.

Unser einst fröhlicher Amerikaner war nicht wiederzuerkennen.

Schnecke murmelte etwas von Apoplex in sich hinein, aber davon konnte keine Rede sein. Wer Augen im Kopf hatte, konnte die Narben der Hautstraffung sehen, am Haaransatz, hinter den Kinnladen, den Ohren. Die Zofen schnitten bedeutungsvolle Gesichter, keine brachte einen Laut über die Lippen. Miller trank, ohne mich aus den Augen zu lassen.

Fanny kehrte zurück und sah mich von der Seite an, sagte aber nichts. Ihre Mutter schoss ein paar giftige Blicke zu ihr hinüber. Springfield hob besänftigend die Hand. Es wird schon noch, sagte er. Ein schöner Sommer steht uns bevor.

Fanny kniff die Augen zusammen, entgegnete spitz: Glaube ich nicht.

Ach, Fanny, stöhnte die Mama, es steht dir doch frei, nach Venedig zu fahren.

Schon gut, Mama, lass nur. Sie war blass geworden.

Ich trank mein Glas leer, nickte in die Gesichter, sagte: Gute Nacht.

Miller sprang auf. Darf ich Sie begleiten, Frau Feline?

Danke Herr Miller, ich finde allein hinaus.

Fanny blinzelte, wollte etwas sagen. Ich gab ihr keine Gelegenheit, verließ schnurstracks den Saal.

Am nächsten Morgen hörte ich von der Hausdame, das Zimmermädchen habe ihr erzählt, die Baroness sei gestern Abend beim Bettaufschlag in meine Zimmer gekommen, habe in alle Ecken geschaut, sei auf die Terrasse gesprungen, habe die aushängenden Kleider betrachtet, sei wieder durch die Zimmer gelaufen, habe lange am Toilettentisch gestanden, dann habe das Mädchen gesagt, es sei niemand da. Die Baroness habe nicht reagiert, sei aber gegangen.

Ist schon recht, sagte ich.

Im Frühstückszimmer traf ich die Zofen, wir begrüßten uns förmlich. Ich nahm einen Kaffee, lief mit der dampfenden Tasse hinaus in den Park. Die Berge standen sehr nahe, waren rosig besonnt, am Himmel hingen die passenden Wolken. Der Kies rollte unter meinen Schuhen. Jahre hatten wir die Sommer über in diesem Hotel gewohnt, plötzlich erschien mir der der Weiße Hirsch wie ein Sarg.

Die Berge wurden blass, die Wolken rissen auf. Cornelia hatte die Berge geliebt, den Fels. Ich wusste nicht, ob ich die Berge mochte, ihre bizarren Formen, die wechselnden Bilder, ihre Nähe, ihre Ferne. Ihre Ferne lieber. Doch keinesfalls mochte ich die Gesellschaft, in der ich mich befand, das Damenkränzchen mit der gusseisernen Matrone an der Spitze, die ewige Tochter unter der Fuchtel ihrer Launen. Zwerg Miller, Gespenst Springfield. Die Berge wuchsen in den Himmel.

Herr Miller kam aufgeregt über den Kies getrabt, ruderte mit den Armen und rief: Guten Morgen, Frau Feline, kommen Sie, die Fanny, es ist nicht zu fassen, die Fanny hat sich was angetan. Der Doktor ist eben gekommen, die Frau Nußbaum steht unter Schock.

Das spitzbübische Gesicht des Bürokraten verkümmerte zur Trockenpflaume. Er griff nach meinen Händen. Lassen Sie das, Herr Miller.

Er machte verzweifelt kehrt, ich ging ihm langsam nach.

So ein blödes Ding, schoss es mir durch den Kopf.

Die Häkelliesen waren aus dem Frühstückszimmer verschwunden, nur ihr Veilchenduft hing im Raum. Das Personal rannte durch die Hotelhalle. Gäste standen unschlüssig in Grüppchen.

Herr Muratti, Geschäftsführer des Hauses, führte gerade eine Unterredung mit drei Uniformierten.

Miller bahnte sich einen Weg zum Fahrstuhl, ich zog es vor, in der Halle zu bleiben.

Die Hausdame stand plötzlich neben mir, blass, zitternd.

Die Baroness hat sich mit einem Rasiermesser attackiert, sagte sie leise. Schnittwunden am Bauch, auf der Brust, die Pulsadern wollt' sie sich durchtrennen.

Mir wurde übel. Ich muss mich setzen, sagte ich.

Die Hausdame stand auch nicht sehr fest auf den Beinen, wir taumelten auf ein Sofa am Panoramafenster zu.

Ich habe sie greinen hören, als ich aus der Wäschekammer kam, flüsterte sie. Sie lag in der Badewanne in einem tiefrosa Schaum. Die Frau sah mich mit aufgerissenen Augen an. Eine exaltierte Person, flüsterte sie weiter. Schon im letzten Sommer wollte sie sich aufhängen mit einem Wäschestrick aus unserer Kammer. Der Herr Muratti hat einen Tanz aufgeführt, doch die Baronin konnte ihn besänftigen. Danach musste das alte Mädchen bei der Mama schlafen … sie wurde rund um die Uhr bewacht.

Armes Ding, brachte ich hervor.

Sie ist bestimmt verrückt, sagte die Hausdame.

Herr Muratti, assistiert von den Gendarmen, winkte der Lebensretterin. Die Hausdame erhob sich, strich ihren Rock glatt und richtete die weiße Schürze. Jetzt kommt das Nachspiel, sagte sie. Bitte verraten Sie nicht, was ich Ihnen eben gesagt habe.

Dann lief sie den Männern entgegen.

Messerschlitzereien im Selbstversuch sollten der Öffentlichkeit vorenthalten werden. Fanny besaß absolut kein Gespür für die richtige Methode. Abgesehen davon, sollte ihr Rasiermesser natürlich nur die Mama treffen. Aber eine Ameise schlachtet keine

Kuh. Das Kind war arm dran. Ihre Schnitzkunst würde in unseren Kreisen als Obszönität angesehen werden und mit Unterbringung in einer Anstalt bestraft. Mir tat die Kleine leid, obwohl ich sie nicht leiden konnte. Ein gescheiteter Selbstangriff war keiner, umso verhängnisvoller die Folgen.

Ein Kellner brachte mir unaufgefordert einen Grappa, ihm auf dem Fuße folgte Herr Muratti, der mich mit der gespielten Höflichkeit des Gastwirtes begrüßte.

Ich freu mich so, Sie zu sehen, Frau Schneider – bei aller Verwirrung, die im Hause herrscht. Auf Ihr Wohl, Frau Schneider, und auf den Schreck.

Der Grappa brannte im falschen Augenblick, ich musste nach Luft schnappen, was Herrn Muratti keineswegs aufhielt, seine Floskeln fortzusetzen.

Ich habe schon von Ihrem Unglück gehört, Frau Schneider, es tut mir sehr leid, trotzdem sind Sie gekommen, eine Ehre für uns.

Mit einem Seufzer der Erleichterung schenkte ich dem Geschäftsführer ein Lächeln.

Bitte lassen Sie sich durch das Vorkommnis im Haus nicht abschrecken, Frau Schneider, sagte Herr Muratti mit feierlicher Stimme. Sie wissen, dass wir unser Bestes tun, damit Sie sich wie immer wohl fühlen.

Keine Sorge, Herr Muratti.

Der Geschäftsführer beehrte mich nun seinerseits mit einem Lächeln. Ich danke Ihnen für Ihr Vertrauen. Dann entfernte er sich dienernd, um auch die anderen Gäste in der Halle mit seinem Sermon zu beruhigen.

Ein Häufchen Unglück lag auf der Bahre. Fanny Nußbaum wurde vom Kellerausgang über den Wirtschaftshof in einen Krankenwagen gehievt. Ihr Gesicht war so weiß wie das Leintuch, das sie bis zur Kinnspitze bedeckte. Ihr Abtransport erfolgte ohne Aufsehen, aber mit größter Sorgfalt. Ich sah es vom Flurfenster aus, im ersten Stock. Die Häkelliesen standen Spalier, von der Baronin war nichts zu sehen, auch Schnecke blieb unsichtbar.

Beim Mittagessen in der Gaststube scharte sich der Hofstaat um die leidende Mama. Sie saß in einem Rollstuhl, konnte ihre Beine nicht bewegen. Schnecke schob sie hingebungsvoll durch den Saal, die Gäste blickten natürlich spitz, als hätte jemand das Fernsehen eingeschaltet. Das Haupt der Nußbaum thronte wie ein Vollmond auf dem eisernen Hals, tränenfeuchte Augen nahmen die gesteigerte Aufmerksamkeit als Huldigung entgegen. Die Nußbaum schien ihre augenblickliche Bedeutung zu genießen. Alle Welt fühlte mit ihr, während die ungezogene Tochter im Krankenhaus weiterbüßte, ohne Beistand, ohne Trost, rein medizinisch betreut, kontrolliert und abgeschoben.

Der kleinste Tisch im Saal war der meine, so geriet ich nicht ins Blickfeld der Baronin. Mich drängte es nicht in ihre Nähe. Außerdem war die Nußbaum zum Schweigen verurteilt, denn jeder Satz, den sie zu Fannys Gunsten oder Ungunsten von sich geben würde, wäre auch ihr anzulasten.

Herr Miller ließ es sich nicht nehmen, mich doch zu entdecken, er kam mit fliegenden Rockzipfeln, sagte außer Atem: Frau Nußbaum bittet Sie zum Gespräch.

Ich vertröstete ihn auf später, sagte, ich wolle jetzt mit niemandem sprechen, zöge es vor, allein zu speisen.

Er sah mich hundsäugig an, auch ungläubig, weil ich es wagte, einen Befehl von höherer Stelle zu verweigern.

Bitte, Frau Feline!

Ich schüttelte energisch den Kopf. Schließlich kam der Kellner, der die Szene beobachtet hatte, verbeugte sich vor Miller und sagte höflich, aber bestimmt: Sie werden am Telefon verlangt, draußen in der Halle.

Miller runzelte die Stirn, dann schoss er durch den Saal. Zwei Minuten später war er wieder da, spähte den Kellner aus, der in der Küche verschwunden war.

Den Nachmittag widmete ich der Niederschrift der jüngsten Ereignisse, dabei stellte ich fest, dass ich seit zirka achtundvierzig Stunden in Meran war, ohne die Stadt gesehen zu haben. Ich blickte ausschließlich in die Berge, die sich jenseits meiner Terrasse auftürmten und deren Namen ich noch immer nicht wusste. Cornelia hatte sie mir in jedem Sommer wieder und wieder heruntergebetet und war es schließlich leid geworden, ich vergaß sie immer sofort.

Cornelias Abschied kam mir plötzlich in dieser Umgebung ganz unwirklich vor, eine Zeitungsmeldung auf der letzten Seite. Hatten wir Cornelia wirklich verabschiedet vor ein paar Tagen?

War es Lorenz gewesen, der ihren Tod am Pfingstsonntag sofort in eine Gedenkfeier verwandelte? War ich es, die Cornelias Ableben ausnutzte, um eine alte Rechnung zu begleichen? Ging Lenskys friedlicher Hinschied auf meine Kappe?

War Fanny Nußbaum so frei gewesen, in meinen Notizen zu blättern, als das Zimmermädchen gestern Abend die Betten für die Nacht gerichtet hatte? Oder hatte ich nach alter Gewohnheit die Blätter im Koffer versteckt und den Koffer abgeschlossen? Die Berge kamen näher, die Sonne stach. Ein Ausflug vor zwei Jahren auf die Seiser Alm kam mir in Erinnerung. David Springfield hatte sich uns angeschlossen, Fanny uns ausgelacht, sie hasste die Kletterei, dabei war es gar keine. Cornelia wäre im Leben nie geklettert. Wir liefen ganz gemächlich bergan. Die Alm galt als etwas Besonderes, ein Paradies im Reich der Paradiese.

Springfield tat so, als habe er die herbe Schönheit des Gebirges eigens für uns erfunden. Nach jeder Kehre präsentierte er uns einen neuen Blick auf die Bergwelt. Nach Erreichen des Plateaus bewunderten wir dieses hoch gelegene Tal des Himmels, die Bergriesen standen wie versteinerte Götter in respektvoller Ferne, die Sonne stach, und über den bläulichen Gipfeln zog eine schwarze Wand auf.

Wir kamen rechtzeitig in der Almhütte an, die brechend voll war. Touristen in zünftiger Bergkluft, Einheimische und Tagesausflügler wie wir. Die Stimmung barst in der kleinen Gaststube, die Getränke flossen in Strömen, die Fenster der Hütte beschlugen sofort.

Ein Temperatursturz begleitete den Gewittersturm. Die Blitze gingen im Kreis, wie oft in den Bergen. Die Enge und die Gerüche hinderten mich ein wenig daran, das Unwetter als Schauspiel zu genießen, Bier ergoss sich über meine Schuhe, man stand auf Tuchfühlung mit den Leuten.

Plötzlich knallte ein Schuss mitten im Gastraum, ein kleiner Mann war auf den Tresen gesprungen, er schrie und fluchte, ein Einheimischer, graubärtig und krumm. Er beschimpfte die Anwesenden, er schimpfte sie die Vergewaltiger der Bergwelt, nannte sie Schlammlawinen, die sich aus den Tälern heraufwälzen, die empfindliche Fauna zertrampeln, zerstören, die Viecher verjagen, die Ruhe der Berge umbringen.

Weg mit euch, schrie er. Der Berg braucht euch nicht, vergiftet euch bei euch daheim, zernagelt eure Welt, aber nicht die meine, die unsrige. Der Wirt zog ihn vom Tresen, die Leute lachten, andere Gäste applaudierten. Der Donner rollte. Da rief Cornelia aus unserem Eck am Fenster: Bravo, alter Bergfex, auf mich können Sie zählen, ich werde nie wieder einen Fuß in Ihre Heiligtümer setzen.

Springfield klatschte, und ein paar Umstehende klatschten mit, das Gewitter verzog sich, die Wiesen dampften, ein fernes Grollen begleitete uns auf dem Rückweg. Wir wateten buchstäblich im Schlamm, der Regen hatte den Wanderweg in einen reißenden Strom verwandelt. Springfield tänzelte graziös durch knöcheltiefen Murensud, wir waren weniger begabt dafür und stolperten ungeschickt zu Tal.

Die Fanny lachte uns zum Empfang natürlich aus: Abenteuer bestanden, Flachlandtiroler beim Abstieg von der Seiser Alm im Schlamm gebadet. Das müssen Sie aufschreiben, Frau Feline.

Damals wie heute kam mir der Verdacht, die Fanny interessiere sich speziell für meine Notizen.

Die Telefonnummer des Krankenhauses, in das die Fanny gebracht worden war, steckte mir die Hausdame. Sie hieß Angelica Rama, wir begegneten uns auf der Etage. Frau Rama hatte sich nach dem morgendlichen Vorfall wieder beruhigt und konnte sogar lachen.

Sie sagte: Ein Privatspital, da wird das böse Kind wie die Prinzessin auf der Erbse liegen. Die Baronin geht nicht hin, sie hasst Spitäler. Sie hat eine Zofe geschickt, sie wird jeden Tag eine Zofe schicken.

Sie sitzt im Rollstuhl, sagte ich.

O ja, nickte Angelica, sie simuliert, die beiden Damen schenken sich nichts.

Ich rief im Krankenhaus an, erkundigte mich nach der Station, fragte, ob die Patientin Besuch empfangen dürfe.

Von der Familie, bekam ich zur Antwort.

Am Nachmittag fuhr ich mit dem Taxi hin. Der Wagen musste oft Schritttempo fahren, so viele Menschen drängten durch die Straßen. Ich erkannte die Stadt nicht wieder. Der Taxifahrer sprach von einer Invasion dies Jahr, eine Invasion der friedlichen Krieger. Wir sollten unsere Stadt schließen, die Fremden aussperren.

Dann fangen Sie gleich bei mir an, sagte ich.

Er lachte: Sie doch nicht, Signora, Sie kommen doch schon seit Jahren, Sie gehören dazu. Letztes Jahr kamen Sie mit Ihrer Freundin, das Jahr davor auch. Gestern habe ich Sie vom Bahnhof zum Weißen Hirsch gefahren, erinnern Sie sich?

Gestern? Ich dachte, ich bin schon viel länger hier.

Das Krankenhaus lag außerhalb der Innenstadt an einem Hang, dem Tinto, wie der Taxifahrer den Fels nannte, an dessen Rückwand eine Klamm den Blick auf einen Wildwasserkrater freigab. Das Wasser brüllte. Ich bat den Mann, mich in einer Stunde wieder abzuholen, sah mich nicht imstande, durch die voll gestopfte Stadt zurückzulaufen.

Argwöhnisch blickte die Fanny zu mir auf, als ich Minuten später an ihr Bett trat. Sie lag hübsch drapiert, die Kissen aufgestapelt, von bunten Bonbonpapieren umgeben und von einer Kompanie Plüschtiere beschützt. Ich war in ein Kinderzimmer geraten. Auch die Vorhänge waren geblümt, das Krankenhausweiß hatte man auf die wenigen Einrichtungsgegenstände reduziert. Bett, Tisch, Stuhl. An den hellen Wänden lief auf halber Höhe ein farbiger Fries, galoppierende Schaukelpferde oder Esel. Vom Fenster sah man in den Fels, aber das Wasser hörte man nicht. Fanny wappnete sich, kniff die Augen zusammen, hielt das Nachthemd über der Brust umklammert, ihre Handgelenke waren bandagiert.

Gemütlich haben Sie es hier, Fanny.

Ich will hier raus, antwortete sie.

Diese Überlegung hätten Sie früher anstellen sollen, wer pfuscht, muss mit dem Schlimmsten rechnen.

Sie warf sich in die Kissen, starrte an die Decke. Meine Mutter schickt Sie, Frau Feline, ich hör's am Tonfall, gehen Sie lieber. Kritisieren kann ich mich allein.

Ihre Mama weiß nicht, dass ich hier bin, Fanny. Ich habe mir die Adresse anderweitig beschafft, sagte ich.

Von der Hexe Schmiljan, stimmt's? Die Schmiljan kam vorhin an, als wär Weihnachten, ich hasse sie, diese Weiber, diese schmierigen Tanten. Mutter besteht darauf, dass sie jedes Jahr mitfahren, nur damit sie Canasta spielen kann, gewinnen gegen einen Haufen schmieriger Tanten.

Warum fahren Sie dann immer mit, Fanny?

Warum, warum, weil ich wie die Tanten zum Tross gehöre. Mutter braucht ihren Tross.

Und was brauchen Sie, Fanny, wenn ich fragen darf? Rasierklingen, Wäscheleine, Bonbons?

Sie machen sich lustig über mich, Frau Feline.

Fanny Nußbaum warf ihren Zoo aus dem Bett, schlug mit der Faust in die Kissen, ihre Nasenflügel flatterten. Sie zitterte, wurde blass, dann rot, dann wieder blass, drehte den Kopf zur Wand und zog die Bettdecke straff ans Kinn. Dann sagte sie mit belegter Stimme: Als ich gestern Abend hinaufging, um nach Frau Cornelia zu sehen, fand ich die Tür halb offen. Das Mädchen war im Zimmer, Frau Feline, da bin ich einfach hinein, ohne anzuklopfen.

Fanny wandte den Kopf, ihre rot geränderten Augen sahen zu mir hinauf, ich stand immer noch an ihrem Bett und setzte mich vorsichtig auf die Kante, damit diese rot geränderten Augen nicht zu mir hinaufschauen mussten.

Fanny fuhr fort: Ich merkte natürlich gleich, dass Frau Cornelia gar nicht im Zimmer ist, auch nicht auf der Terrasse oder im Bad. Ich wollte schon davon, als mir das schwarze Ding auf dem Toilettentisch ins Auge stach. Was für ein Ding, dachte ich. Eine Antiquität, eine Monstranz, die schwarze Decke zog mich an. Ich musste herausfinden, was unter der schwarzen Decke steckt. Tut mir leid, Frau Feline, eine Indiskretion. Ich musste das Tuch wegnehmen, nachschauen. Ich brannte förmlich vor Neugier.

Sie verzog das Gesicht, lächelte und grinste.

Frau Cornelia in der Urne, damit hatte ich nicht gerechnet, aber es steht einwandfrei auf dem Deckel. Wann geboren, wann gestorben. Ich bekam einen

Mordsschreck. Das Mädchen im Zimmer merkte nichts von meiner Entdeckung, sie sah mich gar nicht, oder sie wollte mich nicht sehen. Plötzlich ging sie auf den Gang hinaus, und ich blieb allein am Toilettentisch stehen. Da wurde mir ganz heiter, ganz heiter, Frau Feline. Ich war gar nicht traurig, Frau Cornelia als unsichtbares Konzentrat, solide verpackt, wieder zu sehen. Im Gegenteil, nach einer Weile erfüllte mich die Vorstellung, als Pulverfass herumzureisen, mit einer gewissen Genugtuung. Die Mutter mit dem Pulverfass unterwegs, das wär doch mal eine Variante auf unseren Reisen. Ich sehnte mich in dem Augenblick nach dem ständigen Aufenthalt in einer Urne.

Fanny war rot geworden, bedeckte Stirn und Augen mit ihrer verbundenen Hand.

Ach Kindchen, Sie sind eine Romantikerin, sagte ich. Cornelia starb Pfingsten ganz plötzlich, beinahe schmerzlos. Ihr Wunsch war es, im Süden begraben zu werden.

Sie müssen ihr eine sehr gute Freundin sein, dass Sie ihr diesen Wunsch erfüllen, Frau Feline.

Fanny stockte, ließ die Hand sinken, ballte eine Faust. Heute Morgen, Frau Feline, war mir alles zu viel, war wieder fürchterliches Geschrei. Die Mutter hatte sich im Bad den Fuß verknackst, ich sollte sofort kommen, ihr helfen, sie stützen. Die Schmiljan links, die Fanny rechts, wir spielten ihre Krücken, dieses Gewicht von einer Frau, ihr Jammern, Wehklagen, zum Steinerweichen. Da brannten bei mir die Sicherungen durch, Frau Feline. Mutter lässt mir keine Minute, immer muss ich um sie herum sein, sie auffangen, trösten, ankleiden, auskleiden, frisieren. In der Urne wär Ruh, endlich, keine Befehle, kein

Gejammer, kein Gezänk. Seelenruh. Aber es hat nicht geklappt, es war Pfusch, wie Sie sagen. Ich war mir nicht gewachsen. Jetzt muss mich ein Psychiater flicken, die Mutter hat's befohlen, der Doktor empfiehlt's. Sie können mich demnächst bei den Irren besuchen.

Das liegt ganz bei Ihnen, Fanny.

Nichts liegt bei mir, sagte sie gepresst. Ich klebe an Mutter, bin von ihr abhängig. Habe nichts, kann nichts, kann nicht einmal allein mit der Bahn fahren. Mutter hat mich immer so gehalten von klein auf, als Klette, als Anhängsel, als Schoßhündchen. Ich weiß nicht mal, wie man einen Koffer packt, ich bin ein Schaf, eine Null. Tränen standen in ihren Augen. Immerhin hatten Sie den Mut, das Rasiermesser anzusetzen, Fanny.

Die Tür öffnete sich, eine Schwester erschien, brachte Tee, einen Imbiss, Medikamente. Bleiben Sie bitte nicht zu lange, sagte sie. Die Patientin braucht Ruhe.

Erleichtert sprang ich von der Bettkante, die Schwester war im richtigen Moment gekommen, mein Vorrat an Liebenswürdigkeit hatte sich erschöpft. Möglicherweise hätte ich dem armen Ding doch noch ein paar unpassende Worte gesagt, sogar billige Ratschläge erteilt. Die Schwester schenkte mir ein kühles Lächeln, ich erwiderte es. Fanny steckte den Kopf unter die Decke wie ein Kind. Die Schwester ging.

In der nächsten Minute schnellte die Fanny unter der Decke wieder hervor. Ich muss hier raus, zischte sie.

Dann gehen Sie, kein Mensch kann sie aufhalten, Sie sind eine erwachsene Frau, Fanny.

Helfen Sie mir, Frau Feline.

Ich schüttelte den Kopf: Helfen Sie sich selbst, Fanny, Sie sind dran.

*

Im Café am Markt nahm ich einen Espresso. Ich bereute meinen Besuch im Krankenhaus. Einem verwöhnten Geschöpf konnte man unmöglich beistehen. Mitleid war das schlechteste Rezept gegen Schwäche. Fannys Wesen entsprach dem einer Vierzehnjährigen, sie wollte klüger sein als ihr Bauch und fiel doch auf ihre Intelligenz herein. Sie wusste genau, was ihr fehlte. Cornelia hätte ihr einen Morgenrock angezogen und wäre mit ihr aus dem Krankenhaus herausspaziert.

Ich beschloss, in dem Café sitzen zu bleiben, bis die Sonne unterging. Weder die Baronin noch ihr Tross sollten mir den Abend verderben, zu viel Nußbaumtheater würde meinem Befinden schaden. Aber ich hatte mich zu früh gefreut. David Springfield stand plötzlich an meinem Tisch, wieder ganz in Weiß und wie verwandelt. Hab ich Sie endlich erwischt, sagte er, ich suche Sie schon den halben Tag. Wir müssen der Kleinen auf die Beine helfen.

Der Kleinen? Mister Springfield, ich bin entsetzt. Der Kleinen, niemals!

Seien sie nicht so hartherzig, Miss Feline. Sie muss fliehen, es ist ihre einzige Chance. Jetzt oder nie, dazu braucht sie unseren Beistand. Ich habe einen Plan, hören Sie! Er ließ sich unaufgefordert und voller Elan an meinem Tisch auf einen Stuhl sinken, seine Hände spielten nervös an der Krawatte, das maskenhafte Gesicht flammte rot auf, es kam Bewegung in den Mann, neues Leben.

Sie waren bei ihr, Miss Feline, nicht wahr? Sie haben sie gesehen, haben ihre Augen gesehen, haben mit ihr gesprochen. Sie schreit um Hilfe, ihre Augen schreien um Hilfe. Ich war auch bei ihr, sie hat mich angefleht, sie herauszuholen. Sie will ihre Kleider, sie braucht Geld, sie will weg, irgendwohin. Vielleicht nach Venedig. Sie ist zwar schwach, aber reif für die Flucht.

Sehr dramatisch, Mister, sagte ich. Sie ist eine Dilettantin, mit Verlaub, eine Stümperin. Außerdem ist sie launisch und springt im nächsten Moment in Mamas Vogelbauer zurück. Nein, nein, nicht mit mir.

Sie unterschätzen sie, sagte Springfield schnell. Der heutige Zwischenfall hat ihr gezeigt, dass es so nicht weitergehen kann. Sie sucht dringend eine andere Umgebung, andere Menschen, ihre Mutter ist Gift für sie. Sie muss von der Bildfläche verschwinden. Sie will verschwinden, will weg um jeden Preis. Ich habe ihr versprochen, ihre Kleider zu bringen, eine Fahrkarte.

Wie liebenswürdig, Mister. Tun Sie es, halten Sie dem verwöhnten Baronesschen die Steigbügel, ich habe nichts dagegen.

Sie sollten mitmachen, Miss Feline, Sie vergeben sich doch nichts, wenn Sie der Kleinen beistehen.

Sagen Sie nicht fortwährend die Kleine, die Kleine ist eine erwachsene Frau. Was, wenn sie es sich anders überlegt, Mister?

Springfield hatte Feuer gefangen. Give her a chance, sagte er enthusiastisch und strahlte. Seine Begeisterung, einer jüngeren Frau aus der Klemme zu helfen, brachte ihm seinen früheren Charme zurück, verlieh ihm sogar Flügel. Unruhig rutschte er auf seinem Stuhl hin und her, rührend bemüht, noch einmal aufzutrumpfen und seine letzten Reserven zu mobilisieren. Fannys Desaster kam ihm wie gerufen. Vielleicht war er sogar ein wenig in sie verliebt, verliebt in ein Wagnis?

Was soll ich denn für die Kleine tun, Ihrer Meinung nach, Mister?

Wir müssen an ihre Kleider herankommen, ihren Koffer, ihre Tasche. Jemand von uns muss sich Zugang zu ihrem Zimmer verschaffen, das wird nicht ganz einfach sein, weil die Baronin nebenan wohnt. Also brauchen wir die Verschwiegenheit des Zimmermädchens. Das Zimmermädchen muss bestochen werden.

Nein, nein, Mister, Zimmermädchen sind schwatzhaft, die Baronin würde sofort Wind davon bekommen. Auf Zimmermädchen sollten wir uns nicht verlassen. Die Hausdame wäre die Richtige, Angelica Rama, aber Frau Rama mag die Fanny nicht.

Spielt das eine Rolle, warf Springfield ein. Könnte man Frau Rama nicht davon überzeugen, dass es für alle Beteiligten besser wär, Fanny würde verschwinden?

Haben wir denn Zeit für Diplomatie, Mister Springfield?

Der Amerikaner trommelte mit den Fingerkuppen auf die Tischplatte, bestellte einen Kaffeegrappa, zündete sich eine Zigarette an.

Wir sind doch schon mittendrin in der Diplomatie, Miss Feline, betreiben nichts anderes. Oder sagen Sie mir, warum Sie die Unglückliche im Krankenhaus besucht haben?

Aus Langeweile, sagte ich.

David lachte, er konnte lachen, sein Gesicht lachte, und er sagte lachend: Dann seien Sie doch bitte aus Langeweile ein wenig diplomatisch. Becircen Sie die Hausdame.

Schon gut, Mister, aber ich garantiere für nichts. Eine Blamage werde ich nicht auf mich nehmen.

Springfield griff nach meiner Hand, zum Glück wurde sein Kaffee gebracht, ich durfte meine Hand für mich behalten. Er schlürfte aus seinem Tässchen, als hätte er schon gewonnen. Seine alten Augen strahlten in jungem Glanz.

Springfield betrat den Weißen Hirschen durch den Hintereingang. Vorn an der Rezeption war niemand zu sehen. In der Halle saßen die Hausgäste beim Aperitif. Das Restaurant öffnete um neunzehn Uhr. Die Baronin befand sich nicht in der Halle. Vom Kellner erfuhr ich, sie sei beim Kartenspiel im Salon.

Ich machte mich auf die Suche nach Angelica Rama. Springfield wartete in der Halle. Das Zimmermädchen Helene, eine junge, freundliche Person, sagte, Frau Rama habe schon seit einer Stunde Dienstschluss. In einer plötzlichen Eingebung bat ich Helene, mir das Zimmer von Fanny Nußbaum aufzuschließen, da sie ein Buch von mir ausgeliehen habe, dass ich gern zurückhaben wolle.

Helene nickte: Ich weiß, sagte sie, sie hat es gestern Abend von Ihnen mitgenommen.

Wir stiegen eine Treppe tiefer, Helene schloss die Zimmertür auf, ließ mich eintreten, nach dem Buch suchen.

Ich mache inzwischen meine Runde, sagte sie. Ziehen Sie die Zimmertür hinter sich zu, wenn Sie Ihr Buch gefunden haben.

Sie lächelte, als wüsste sie, worum es ging. Sehr leichtsinnig.

Jetzt könnte ich in aller Ruhe das Zimmer ausräumen, vorausgesetzt, ich würde nicht gestört. Es blieb still. Im Schrank hingen Fannys Kleider wie Soldaten, ich hängte sie ab. Der Koffer stand in Reichweite, ich musste nur die Sachen hineinlegen.

Eine Handtasche entdeckte ich nirgends, aber vielleicht war die Tasche längst im Krankenhaus. Ich konzentrierte mich auf die Kleidungsstücke und die Wäsche. Es war noch immer still.

Von Fannys Zimmer führte eine Doppeltür in das Zimmer der Baronin. Ich warf einen Blick hinein, ein unbeschreibliches Durcheinander bot sich meinen Augen, als wäre gerade eben eingebrochen worden. Irritiert drückte ich die Tür wieder zu, nahm den Koffer, verließ Fannys Zimmer, das wie geleckt aussah. Betrat den Flur, von Helene nirgends eine Spur. Den bereits gezückten Geldschein steckte ich wieder zurück in meine Tasche.

Die Sache ging mir ein wenig zu glatt von der Hand. Ich schleppte den Koffer über die Hintertreppe in die Halle. Noch immer herrschte große Stille im Haus, mit rechten Dingen konnte das nicht zugehen.

Mister Springfield stand malerisch im Sichtschatten einer Säule, er rauchte. Oh, goodness, sagte er, als ich ihm den Koffer überreichte. Er warf die Zigarette weg und hauchte mir einen Kuss auf die Stirn, nannte mich Engel. Dann verschwand er mit Fannys Habe durch die Hintertür. Wenig später hörte ich ein Taxi davonfahren. Unbehagen beschlich mich. So einfach war das also, in fremde Zimmer einzudringen. Wir lebten ja gefährlich im Weißen Hirschen, ungeschützt. Zimmermädchen wie Helene spielten ohne Bedenken Sesam öffne dich. Die Baronin könnte mit Recht ein Riesenspektakel anfachen. Ich brauchte einen Campari, der Kellner brachte ihn mir.

Was nun folgte, war ein Aufguss des vorangegangenen Abends. Billiger Nestroy, Teil zwei. Beginnend mit Herrn Miller als drittklassigem Zeremonienmeister, so nannte er sich. Zeremonienmeister. Denn natürlich war das Restaurant im Weißen Hirschen auch an diesem Abend oder gerade an diesem Abend restlos überfüllt.

Doch für mich hatte er einen Platz am großen, runden Tisch reserviert, unter einer Bedingung. Er stand vor mir in der Halle mit seinen weißen, stechenden Kragenspitzen wie ein verspäteter Schulabgänger und knetete seine Hände, zog Grimassen, weil er nicht recht wusste, wie er es sagen sollte.

Das leidige Thema, Frau Feline, der betreffende Name sollte besser nicht fallen, es sei der Frau Nußbaum zu arg, davon zu sprechen. Die eigene Tochter mit dem Rasiermesser in einer Hotelbadewanne, Wunden an den intimsten Stellen, eine Peinlichkeit, über die man lieber den Mantel des Schweigens hängt, wenn Sie verstehen, Frau Feline.

Der Behördenmensch atmete geräuschvoll aus, schwoll an, knetete die Hände und seine Äuglein glitzerten. Es machte ihm sichtlich Freude, sein Geschwafel stotternd aus seinen Kragenspitzen zu pressen. Max Miller war das Klischee seiner selbst.

Die Nußbaum ist so empfindlich geworden in den

paar Stunden seit dem Ereignis, sagte er. Sie werden sie nicht wiedererkennen, Frau Feline.

Der Zeremonienmeister diktierte sein Abendprogramm, Cornelia hätte es amüsiert, sie mochte Abziehbilder und falsche Töne. Ich hoffte nur, dass die Fanny schon am Bahnhof säße.

Die Baronin im Rollstuhl trug Grün, passend zu ihrem leidenden Gesicht, den trüben Augen, die mir wohlwollend entgegenblickten. Sie bat mich, an ihrer Seite Platz zu nehmen.

Alle wollen heute Menü essen, Frau Feline, ist das nicht langweilig? Menü ist etwas für Menschen ohne Zunge, hab ich Recht? Aber die Damen behaupten, man könne nicht jeden Abend seine Zunge nach ihren Wünschen befragen. Ich esse kein Menü, ein Fadensüppchen genügt mir.

Fadensüppchen schwebte auch mir vor, danach etwas Süßes, ein Glas Rotwein, Kaffee.

Es tut mir so leid, wisperte Frau Nußbaum, ihre Pranke über der meinen, die Augen prüfend auf mich gerichtet. Ich hatte keine Ahnung, meine Liebe, Herr Muratti hat es mir erzählt. Frau Cornelia ist nicht mehr unter uns, mein Gott, so schnell kann's gehen. Sie sind mir doch nicht bös, Frau Feline, wegen gestern. Es war nicht recht, drauflos zu plappern, als wär's wie immer. Nichts ist wie immer, eine winzige Verschiebung der Perspektive, schon ändert sich das Bild. Ein Mensch geht weg, hinterlässt einen Namen, eine Erinnerung und dann die Leere. Der Blick geht nach rückwärts, ist es nicht so, Frau Feline? Aber wir sind Gewohnheitstiere, meine Liebe, niemand soll gehen, wir wollen nicht verlassen werden, von niemandem, auch nicht von den schlimmsten Feinden, wir wollen nichts entbehren müssen.

Das Essen wurde aufgetragen, Wein eingeschenkt, wir aßen, tranken, die Matrone räsonierte, Schnecke assistierte, Miller warf mir von Zeit zu Zeit Ergebenheitsblicke zu. Die Häkelliesen löffelten ihr Menü.

Wie liebenswürdig von Ihnen, bei uns zu sitzen, Frau Feline, fuhr die Nußbaum fort. Sie sehen uns jetzt natürlich mit anderen Augen. Hoffentlich können Sie uns ertragen, wir sind nicht gerade präsentabel, meine Liebe, doch was ist schon präsentabel im Schmerz? Auf Ihr Wohl, Frau Feline, ganz speziell.

Fanny kam nicht vor an diesem Abend, nur ahnte niemand der Anwesenden, dass sie bereits auf der Flucht war. Ich hörte schon das Geschrei im ganzen Hotel, hätte gern im Vorhinein gelacht. Cornelia an meiner Stelle hätte es sich nicht nehmen lassen, in schallendes Gelächter auszubrechen. Situationen wie diese hätten ihr großes Vergnügen bereitet. Manchmal wünschte ich mir einen Rollentausch, aber mit einer Toten konnte man die Rolle nicht tauschen.

Gegen meine Gewohnheit bestellte ich noch ein Glas Roten, die Baronin orderte gleich eine ganze Flasche. Ihre Freundin Schmiljan nestelte in ihrem Abendtäschchen, Fannys Hexe sah eher aus wie eine Großmutter mit langen Ohren, flinken Augen. Sie sagte fast nie etwas, wie wir alle am Tisch nichts sagten. Doch plötzlich sagte die Schmiljan etwas und fischte dabei ein Büchlein aus ihrer Tasche.

Ich erkannte es sofort. Cornelias Brevier über den Hohlsaum, eine Anleitung zur Meditation. Ich hatte es früher als Anleitung zum Zähneknirschen gelesen. Cornelia war nicht die Frau gewesen, die zum Meditieren neigte. Sie konnte niemals stille sein, den

Mund halten oder ihre fünf Sinne zusammennehmen, um in ihrem Innern zu versinken. Das Büchlein war ihr aus Versehen passiert, ein Sammelsurium ihrer Petitessen vom Schreibtischrand.

Ich habe es im letzten Sommer entliehen, sagte die Schmiljan ausdruckslos.

Dann leihen Sie es weiter, erwiderte ich freundlich.

Sie meinen, ich soll es behalten, Frau Feline?

Cornelia kann nichts mehr zurücknehmen, sagte ich.

Die Schmiljan steckte das Büchlein wieder ein, als sei es eine Pflicht, die man Leihgebern wegen vorübergehender Abwesenheit erweist. Lieber wäre ihr gewesen, sie hätte es mir zurückgeben können.

Die Baronin ließ inzwischen den Kopf hängen, die großen Hände hielten das volle Glas umfangen, aber sie konnte nicht mehr trinken. Ihre Monologe verebbten in einem allgemeinen Gemurmel. Und der Bürokrat wachte über allen, manchmal versuchte er einen Blick der Nußbaum zu erhaschen, manchmal las er mir von den Lippen, was ich nicht sagte.

Endlich erschien Mister Springfield in der Gaststube. Frisch frisiert und in Nachtblau wie gestern, etwas bleicher, etwas fahriger.

Die Baronin erwachte kurz, reichte dem Amerikaner müde die Hand und nickte wieder weg. Ein rascher Wechsel unzusammenhängender Sätze munterte die Damen ein wenig auf.

Alle Züge haben heute Verspätung, sagte Springfield. Die Taxifahrer wollen mehr Geld. Ab morgen wird gestreikt bis zum Brenner. Wir müssen die Fahrdienstleiter bestechen. In Italien wollen alle Verkehrsbetreiber immer bestochen werden.

Miller nickte verständnislos, mir war so, als wolle

Springfield sagen, Fanny habe ihren Zug erwischt. Der Coup sei gelungen.

Jetzt kam es darauf an, die Flasche der Baronin mit Anstand auszutrinken. Niemand streikte.

*

Am nächsten Morgen wurde Fannys Verschwinden zum Frühstück serviert.

Baroness Fanny Nußbaum, aus einem Privatkrankenhaus entkommen.

Das Damenquartett der Baronin schlachtete den Skandal in alle Himmelsrichtungen aus. Wer Ohren hatte, hörte, das Kind sei letzte Nacht entführt worden. Im Frühstückszimmer waren an diesem Morgen nur Ohren zu sehen, große, rosige Ohren, gespitzt und gespannt.

Das Kind, das Kind, sagte ich der Schmiljan über den Tisch, das Kind ist eine Frau von vierzig Jahren, die wahrscheinlich mit dem Chefarzt vom Krankenhaus nach Venedig durchgebrannt ist.

Ein Chor der Entrüstung zischte mich nieder.

Der Chefarzt habe in aller Frühe bei der Baronin angerufen und ihr mitgeteilt, dass die Fanny getürmt sei, sagte die Schmiljan eisig.

Schnecke, die Zweite aus dem Quartett, verschüttete ihren Kaffee, ihre Nasenspitze war so weiß wie die Milch in der Glaskaraffe auf dem Bufett.

Nach dem Gezische wurde geschwiegen, als sei den Zofen auf geheime Anordnung verboten worden, mit dem gemeinen Volk im Frühstückszimmer den Skandal weiter zu erörtern. Die Hausgäste machten lange

Gesichter. Entführung in Meran, das hatte noch gefehlt. Meran in den Schlagzeilen der Weltpresse. Fannys Flucht vor der Mama schmeckte nach Affäre. Man leckte sich die Finger. Nirgendwo könne man mehr seines Lebens sicher sein, stellten die Gäste fest. Ausgerechnet in Meran. Ein Platz, den der liebe Gott den betuchten Pensionären geschenkt hatte und mitten hinein platzte eine Entführung.

Die Baroness, eine gefährdete Person, man hätte sie besser bewachen müssen. Die Bedienung ließ es sich nicht nehmen, immer wieder frischen Kaffee auszuschenken. Draußen schien die Sonne, auf der Terrasse wurden die Tische eingedeckt. Es war friedlich in Meran, bieder, wie es sich die Pensionäre wünschten.

Ich durfte nur zehn Minuten bei der Fanny bleiben, gestern im Spital, übertrumpfte die Schmiljan das Schweigegebot, dann hat mich die Schwester hinauskomplimentiert. Das Kind ist streng bewacht worden, fügte sie seufzend hinzu, aber eben nicht in der Nacht. Die Polizei will vorläufig nichts unternehmen, doch ich sage euch, die Fanny ist entführt worden.

Die Schmiljan gefiel sich als Kennerin der Verhältnisse, aus denen die Baroness auf irgendeine Weise herausgerissen worden war.

Über die Terrasse sahen wir den Geschäftsführer kommen, an seiner Seite die Baronin auf ihren stämmigen Beinen. Den Rollstuhl hatte sie wohl weggeworfen. Muratti nahm ihren Ellenbogen, als sie das Frühstückszimmer betraten. Die Zofen standen sofort bei Fuß.

Wir reisen ab, donnerte die Nußbaum. Ihre Leidenszeit schien abgeschlossen. Herr Muratti hat uns entlassen, sagte sie sarkastisch.

Muratti lächelte verschmitzt, er konnte richtig nett aussehen. Er baute sich an der Tür auf, und sofort wurde es still wie in der Kirche, nur das Schnaufen der Baronin störte die Andacht. Sie zerrte ihre Zofen wortlos zur Tür, mir warf sie einen viel sagenden Blick zu, sie rauschten hinaus.

Noch immer verschmitzt und belustigt, ergriff Herr Muratti das Wort. Manchmal empfiehlt es sich, von Seiten der Direktion seinen Gästen vor Augen zu halten, dass wir ein Hotel betreiben, in dem sich jedermann frei bewegen kann, sofern er die Hausordnung achtet, sagte er feierlich. Aber wir sind kein Gefängnis, auch keine Irrenanstalt, hier wird niemand festgehalten oder eingesperrt. Im Interesse der Allgemeinheit, meine Herrschaften, habe ich unserem langjährigen Stammgast, der gnädigen Frau Baronin, geraten, zur Erhaltung des Hausfriedens ihren diesjährigen Aufenthalt wegen der Vorkommnisse von gestern vorzeitig abzubrechen. Im gegenseitigen Einvernehmen selbstverständlich. Zu Ihrer Information möchte ich noch hinzufügen, dass die verunfallte Baroness gestern Abend ohne unser Wissen ihr Zimmer geräumt, den Schlüssel ordnungsgemäß abgegeben sowie eine Nachricht für ihre Frau Mutter an der Rezeption hinterlegt hat. Wie gesagt, wir betreiben ein Hotel. Abreisen gehört zu unserem Geschäft wie das Ankommen. Da reden wir natürlich niemandem hinein.

Er lächelte ohn Unterlass, die Hausgäste rieben sich zufrieden die Hände. Die Bedienung stand in zierlicher Reihe am Bufett.

Muratti entfernte sich nach einer Verbeugung durch die Terrassentür.

Ein Spaziergang war's aus dem Krankenhaus hinaus, sagte Springfield. Die Fanny hatte es sehr eilig wegzukommen, sie nahm sich nicht viel Zeit für die Garderobe, ein einfaches, blaues Kostüm, kein Make-up, nur weg wollte sie. Sie war wild entschlossen, die Mama für eine Weile nicht wiederzusehen. Ich habe sie zum Bahnhof gebracht.

Springfield hielt inne, als suchte er nach Worten, plötzlich schien er den Faden verloren zu haben. Sie ist hoffentlich nach Padua gefahren, setzte er seinen Bericht fort. Dort erwartet sie eine gute Bekannte von mir, Josy Bernstein, eine amerikanische Malerin. Sie lebt seit Jahren in Padua. Ich habe mit ihr telefoniert, Fanny angekündigt. Josy hat versprochen, sich um Fanny zu kümmern. Ich vertraue ihr, sie ist großzügig, wohlhabend, es wird Fanny gut tun, für ein paar Tage in ihrem Haus zu sein. Fanny war sehr einverstanden mit einem Zwischenstopp in Padua. Ich habe ihr von Josy erzählt, von ihrer Kunst. Sie ist eine Porträtistin, eine Realistin ersten Ranges, malt großartige Porträts. Josys Bilder hängen heute in vielen Galerien der Welt, wahrscheinlich ist sie sogar berühmt. Der Klerus in Italien lässt sich von ihr porträtieren, von einer Amerikanerin aus Boston. Bischöfe, Erzbischöfe, Kardinäle sitzen ihr Modell. Ihr Renommee strahlt bis nach Rom. Unbezahlbar, die Bilder. Ich spreche als meine Brieftasche, kicherte er. Ihre Kunst ist für einen so armen Schlucker wie mich unerschwinglich. Aber ich kann auf sie zählen, sie wird unsere Fanny schon wieder hochpäppeln.

Josy Bernstein ist doch keine Krankenschwester, Mister, wenn ich mir diese Bemerkung erlauben darf. Oder wollen Sie der Fanny neue Flöhe in den Pelz setzen?

Flöhe, Miss Feline? Josy führt ein großes Haus, hat Personal, für Fanny die passende Umgebung.

Daheim bei ihrer Mama gibt es auch Personal, die der Kleinen immer auf die Sprünge helfen, Mister Springfield. Ich dachte, Fanny benötigt im Augenblick eine befreite Zone, keinen Vormund, kein Personal, keine Hängematte.

David Springfield grinste: Sie wird sich schon nicht einnisten, die Kleine, Miss Feline. Oder kennen Sie meine alte Freundin Josy Bernstein besser?

Ich kenne Miss Bernstein nur vom Sehen, sagte ich. Flüchtig. Sah sie vor ein paar Jahren. Cornelia ließ sich von ihr malen.

Die Welt ist klein, entgegnete Springfield leise. Sehr klein. Sie haben es gesagt, Mister, Josy Bernstein ist berühmt, ihre Bilder sind in vielen Galerien zu sehen.

Soso, sagte ich das, dann wird es schon stimmen. Kein Schaden für Fanny Nußbaum, lachte er. Im Gegenteil, es wird ihr nützen. Springfield schrumpfte in sich zusammen. Auch das Sprechen fiel ihm scheinbar schwer, er verhaspelte sich, verlor immer wieder den Faden, und er wich mir aus, indem er immer wieder den Kellner rief und immer wieder Kaffeegrappa bestellte.

Ich habe es erst von Fanny erfahren, sagte er nach einer Weile. Fanny hat mir erzählt, dass Miss Cornelia gestorben ist, ganz plötzlich, ich kann es gar nicht fassen und nicht glauben, es will mir nicht in den Kopf, Miss Feline. Auch, dass Sie nichts gesagt haben, Miss, so ein Unglück. Bitte, Miss Feline, erlauben Sie, dass ich von Miss Cornelia Abschied nehme mit einer stillen Messe in San Giovanni, meiner Lieblingskapelle. Ich möchte eine Messe für sie lesen lassen.

Springfield trocknete sich seine Augen mit einem Taschentuch, betupfte das leblose Gesicht. Sie war eine Freundin, wie Sie wissen, wir haben so viel zusammen gelacht, Miss Feline. Ich mag den Tod nicht, sagte er. Jeden Tag grinst er mich an. Jede Nacht fürchte ich ihn. Jeden Morgen gehe ich in die Kapelle, sehe ihn am Kreuz. Der Tod ist eine Schande. Seine Augen schwammen in Selbstmitleid.

Eine stille Messe, das ist eine hübsche Idee, Mister Springfield, das würde Cornelia gefallen, wäre bestimmt nach ihrem Geschmack, obwohl sie keine Gläubige war.

Der Amerikaner hatte sich wieder ein wenig gefangen und schenkte mir ein kunstvolles Lächeln unter Tränen.

Morgen früh, sagte er, neun Uhr, San Giovanni, ich hole Sie ab.

*

Im Weißen Hirschen fand ich nach meiner Rückkehr einen Brief vor. Es war früher Abend. Ich las ihn gleich in der Halle.

Sehr geehrte Frau Schneider!
Sie haben einen unguten Hang zum Personal, das wird Sie noch teuer zu stehen kommen.

Hochachtungsvoll

Das klang nach Schmiere und billigem Trick. Keine Unterschrift, nur eine Drohung aus dem Hinterhalt. Die Zeilen waren auf einer Schreibmaschine getippt, mein Verdacht fiel sofort auf den Bürokraten. Demonstrativ warf ich den Brief wie einen Reklamezettel in den nächsten Papierkorb, mochte ihn herausfischen, wer wollte. Der Schreiber dieser Zeilen hatte einen Hang zur Wichtigtuerei. Er war also nicht abgereist mit den Damen, lungerte herum, suchte Anschluss und ärgerte eine alte Frau.

Ich stieg hinauf zum Personal. Angelica Rama trank gerade ihre letzte Tasse Kaffee im Hausdamenzimmer, sie freute sich, mich zu sehen. Ich mache eben Schluss, sagte sie. Morgen kommen neue Gäste, das Haus wird voll.

Ich dachte, es wäre schon voll, erwiderte ich.

Die Baronin mit ihrem Anhang hinterlässt eine Leere, aber nicht lang. Frau Rama lachte. Die Baroness soll ihrer Mama Geld gestohlen haben, fuhr sie unvermittelt fort. Brauchte sie sicher für die Flucht. Auch eine Kreditkarte soll fehlen, hat Muratti gesagt. Die Baronin hat den Diebstahl aber nicht angezeigt. Großzügig, nicht? Sie will nicht, dass ihr Kind in einem schlechten Licht erscheint. Angeblich soll die Baronin gesagt haben, jetzt bringe die Fanny nicht nur Aufregungen, sondern auch Leben in ihre Bankkonten, solange die Bankkonten sich bewegen, tue sich das Kind nichts an.

So wird aus Diebstahl Tugend, entgegnete ich, und trotzdem hat die Baronin wütend das Feld geräumt.

Ein Jammer, seufzte die Hausdame, sie war immer sehr spendabel, ein bisschen von gestern mit ihren alten Schachteln, aber großzügig. Oh, verzeihen Sie, Signora, dass ich so von den Gästen rede.

Apropos Gäste, Signora Rama. Was ist aus Signor Miller geworden?

Ist er auch abgereist?

Ich glaube nicht, sagte sie leise, besser, Sie fragen an der Rezeption. Dann lachte sie: Entschuldigen Sie, Signora, ich glaube, ich habe zu viel geplaudert.

Vergesse ich wieder, sagte ich.

Den Briefschreiber bekam ich natürlich nicht zu sehen, ich fragte auch nicht an der Rezeption nach ihm. Plötzlich war ich nicht mehr sicher, dass Miller mir zeigen wollte, was er wusste, was er vielleicht beobachtet oder vom Zimmermädchen gehört hatte. Die Schmiljan hätte die Zeilen ebenfalls schreiben und dann mit der Matrone abreisen können. Lächerlich, das Ganze. Eine Art Denkzettel oder Schluss der Vorstellung?

Ich blieb am Abend auf dem Zimmer, ließ mir vom Etagenkellner die Tagessuppe bringen, eine Brotzeit und Wein. Blickte von der Terrasse ins Gebirge, bis es schwarz wurde. Cornelia stand ehern unter dem schwarzen Tuch, eine Miniatur am Abend. Staub, Seelenstaub. Jetzt konnten wir nichts mehr bereden, uns nicht mehr über Herrn Miller lustig machen. Sie hätte mich längst dazu überredet, den Bürokraten anzurufen, hätte ihn in die Halle bestellt, hätte ihm den Brief mit großer Geste zurückgereicht. Aber der Zwerg aus dem neunten Bezirk war es nicht wert, ihn durch die Brille Cornelias zu sehen. Ich legte mich ins Bett. Nachts ging das Telefon, es klingelte ungefähr zehnmal, dann hörte es auf.

Pünktlich um neun wartete Mister Springfield am nächsten Morgen in der Halle. Wir fuhren mit dem Taxi nach San Giovanni. Von dem Brief erzählte ich nichts.

In der Kapelle war kein Mensch, außer einem Pfarrer mit seinem Messdiener. Wir saßen in der ersten Reihe. Springfield kniete. Er hatte den Kopf in die Hände gestützt. Ich sah mich in der Kapelle um. Christus am Kreuz überm Altar, auch eine Miniatur. Spielzeug für die Seele. Mein Spiel mit Cornelia hieß: in Meran sein, als wär sie noch da. Sie war da, nur war sie nicht dabei.

San Giovanni kam mir bekannt vor. Johannes, der zweite Sohn der heiligen Familie, stand hölzern im Halbdunkel vor der Sakristei. Cornelia hatte eine Ansichtskarte von der Innenansicht der Kapelle besessen. Johannes, der Täufer, ein Träumer, hatte sie auf die Rückseite geschrieben, oder war es meine Schrift?

Kerzen brannten in Silberleuchtern auf den Stufen zum Altar.

Springfield erhob sich plötzlich, er reckte sich, kreuzte die Arme wie ein Ritter. Früher muss er ein stattlicher Mann gewesen sein. Die Messe dauerte keine halbe Stunde. Der Pfarrer drückte uns die Hände. Der Messdiener schwenkte den Klingelbeutel.

Später fuhren wir hinauf zur Burg Schloss Tirol. Wegen der Aussicht. Cornelia war gern hier herauf gekommen, und wir wollten zum Gedenken an die Verstorbene den Ausblick auf die Berge genießen.

Springfield war gut gelaunt, überredete mich zu einem Spaziergang rund um die Burg. Vorher nahmen wir noch einen Imbiss im Schlossrestaurant. David erinnerte mich wieder an die Ausflüge mit Cornelia, als er den Bergführer spielte. Ich wollte mich gar nicht so genau erinnern, wollte die Vergangenheit in der Schwebe lassen, wie ein altes verblichenes Farbfoto, auf dem die Figuren nicht recht zu erkennen sind. Wir tranken jeder einen Schoppen Kalterer See. Es war Sommer geworden, die Touristen saßen entblättert und verborgen hinter dunklen Brillen. Auch Springfield trug eine Sonnenbrille, das ersparte mir den Blick in seine wunden Augen.

Nach dem Imbiss gingen wir los.

Eine halbe Stunde, sagte er, dann sind wir am Margarethengraben, an der Schlucht, die mich an die Andreasspalte in Kalifornien erinnert.

Wollen Sie etwa klettern, Mister, in der Aufmachung?

Er grinste: Waren Sie schon einmal in Kalifornien, Miss Feline?

Ich schüttelte den Kopf. Er ging voran mit einem gewissen Schwung, sein Schritt war sicher. Das Schwächliche, Zimperliche hatte er zu Haus gelassen. Ich trottete hinter ihm her, sah manchmal zurück zur Burg. Unter meinem Sonnenhut sprangen die Schatten. Wir stiegen eine Weile, dann war es mir zu viel.

Ich brauche keine Schlucht, sagte ich. Lassen Sie uns zurückgehen, Mister Springfield.

Kein Mensch begegnete uns, niemand kam uns nach. Den Margarethengraben kennen die meisten Leute nicht, die zur Burg kommen, sagte er, obwohl hier jeder jeden Stein kennt.

Margarethe, Herrscherin von Tirol, lachte der Amerikaner, eine alte Geschichte. Sie werden sehen, Miss Feline, der Margarethengraben geht tief ins Herz einer erkalteten Hölle. Die Andreasspalte in Kalifornien dagegen führt in die lebendige Hölle.

Sehr romantisch, Mister Springfield. Warum sind Sie eigentlich nie mehr in Ihre Heimat zurückgekehrt?

Amerikaner haben meistens keine Heimat, Miss Feline. Der Margarethengraben ist meine Heimat, ich bin gern hier. Die Andreasspalte sah ich als Kind mit meinem Großvater. Als er starb, vergaß ich auch die Hölle, die er mir gezeigt hatte. Dann vor einigen Jahren sah ich im Margarethengraben mein Kindheitserlebnis mit der Andreasspalte, und das ist meine Heimat, eine andere habe ich nie gehabt.

Wir standen im Geröll, unter uns krochen verdorrte Weinstöcke aus dem felsigen Moos. David war weitergestiegen, der Fels war jetzt nackt und schroff, außerdem brannte die Sonne. Das Tal lag im Dunst, man sah nur Schemen, auch das Burgschloss war meinen Blicken entschwunden. Dann sah ich die Schlucht. Springfield hatte es geschafft, mich an den Klippenrand zu ziehen. Ich blieb eisern stehen, verkantete die Schuhe, um festen Halt zu haben.

David sagte: Vogel müsste man sein.

Über uns kreiste ein Milan.

Geben Sie mir Ihre Tasche, Miss Feline, dann haben Sie freie Hand.

Er trat neben mich wie in der Kapelle.

Die Andreasspalte ist eine offene Wunde im Erdmantel, sagte er. Der Margarethengraben nur eine Schlucht, aber ich sehe das eine im anderen. Ihre Tasche, Miss Feline.

Was ist mit meiner Tasche?

Er griff nach meinem Arm, hob das Kinn, ich konnte sein Gesicht nicht deutlich erkennen. Aber im Bruchteil einer Sekunde war ich gewarnt. Dann machte er eine seltsame Verrenkung, wie ein Tangotänzer und nahm Schwung, mir in die Arme zu fallen. Ich ging ganz automatisch in die Hocke und fiel auf den Hintern.

David schoss an mir vorbei oder über mich hinweg, wie ein leichtfüßig gewordener Vogel. Im ersten Moment stockte mir der Atem, dann begriff ich und wollte nicht begreifen. Ich saß auf meiner Tasche am Rande des Margarethengrabens. Warum hatte der Mann meine Tasche gewollt? Der Himmel war leer, der Milan in einem anderen Himmel. Springfield war wie vom Erdboden verschluckt.

Ich saß allein in der Bergwelt, die mir schon von Anbeginn unheimlich gewesen war. Ich riss Moosflechten aus, um mir zu beweisen, dass ich noch da war. Aber wo war David Springfield? Hoffentlich kam er gleich zurück. Mister Springfield, was fällt Ihnen ein? Mister David Springfield!

David Springfield kam nicht zurück. Ich sah mich außerstande, über den Klippenrand in die Tiefe zu blicken, ich hörte auch keinen Laut, hatte jegliche Orientierung verloren, wäre auch nach Venedig gerannt, hätte sich ein Weg gefunden.

Ich stolperte irgendwie abwärts, die Tasche an die Brust gepresst. Das Schlimmste war, dass ich etwas begriff, was ich nicht verstand. Warum hatte mich der Amerikaner hierher geschleppt, warum mich angegriffen? Wollte er mich in die Schlucht stoßen? Steckte jemand anderer dahinter? Wurde Springfield dafür bezahlt, mich verschwinden zu lassen? Von wem?

Der anonyme Brief fiel mir ein, den ich weggeworfen hatte, das Gespräch mit Angelica Rama, doch nichts ergab einen Sinn, alles Einbildungen, wenn man von der Tatsache absah, dass Springfield es auf meine Tasche abgesehen hatte.

Nach Stunden erreichte ich die Burg und war keinen Deut klüger. Versteckte mich eine Weile in der

Restauranttoilette, unschlüssig, was ich tun sollte. Bis mir ganz allmählich klar wurde, dass ich in der Schlucht liegen sollte. Ein Unfall. Touristin im Margarethengraben abgestürzt. Warum? War Max Miller der Drahtzieher, enthielt die Drohung: Das wird Sie noch teuer zu stehen kommen, ein Todesurteil?

War das Zimmermädchen Helene in die Sache verwickelt? Die Koffergeschichte war ein Kinderspiel gewesen. Hatte Springfield das Mädchen mit hineingezogen, die ganze Angelegenheit mit dem Koffer schon früher eingefädelt? Brauchte er mich als Strohpuppe, die man hinterher verbrennen muss? Warum? Miller, Helene, Springfield, Angelica Rama schwirrten in meinem Kopf, eine wirre Konstruktion.

Ich bestellte im Restaurant einen Kaffeegrappa, Davids Lieblingsgetränk. Die Touristen saßen jetzt weniger entblättert, aber mit Sonnenbrillen. Dann hielt der Bus im Hof der Burg, um zurück nach Meran zu fahren. Es war Mittag um zwei, dunstig.

Es verstand sich von selbst, der Wohnung des Amerikaners einen Besuch zu machen, Unten im Haus gab es eine Cafébar, die Springfield jeden Morgen besuchte, um zu frühstücken. Ich wusste von dem Wohnungsschlüssel, der hinterm Tresen beim Telefon lag. David hatte mir erzählt, er gebe ihn immer da ab, vor Furcht ihn zu verlieren. Luigi sei der Barbesitzer, er achte auf den Schlüssel.

Ich bestellte bei Luigi Cappuccino, meine Knie waren weich wie Butter. Vielleicht war es unvorsichtig, in die Bar zu kommen, möglicherweise wartete hier der zweite Mann. Der Bürokrat aus Wien, getarnt hinter einer dunklen Brille. Über dem Telefon hing eine Karte der Region, es zog mich unwiderstehlich hin. Ich bat Luigi telefonieren zu dürfen. Er nickte, zeigte mit dem Finger auf den Apparat hinter sich und zapfte ein Bier, das er hinausbrachte auf den Vorplatz mit den drei wackligen Tischen.

Ich trat zum Telefon, der Schlüssel lag tatsächlich in einem Kästchen, er trug die Initialen seines Besitzers. Rasch nahm ich ihn an mich, wählte die Auskunft, erfragte den Anschluss von Josy Bernstein in Padua. Machte mir wenig Hoffnung, weil ich nicht mehr sicher war, ob Josy wirklich in Padua lebte oder David mir einen Bären aufgebunden hätte. Cornelia hatte früher öfter davon gesprochen, sie besuchen zu wollen, während unseres Meranaufenthalts. Es war nie dazu gekommen. Ich zückte meinen Stift. Dann erfuhr ich zu meiner Überraschung nicht nur Josys Telefonnummer in Padua, man sagte mir auch gleich die Adresse.

Luigi kam mit dem leeren Tablett zurück von draußen. Ich wiederholte die genannte Nummer, dankte, legte auf. Ein Ortsgespräch, sagte ich, zahlte den Kaffee und das Telefon und verließ mit weichen Knien die Bar. Lief über den Markt in eine Seitenstraße, Davids Wohnungsschlüssel in der Hand.

Einige Zeit saß ich auf einer Bank, Meran war mit Bänken vollgestellt, neben mir ein Aushang der Touristeninformation, eine Landkarte. Natürlich, die Karte. In der momentanen Aufregung hatte ich vergessen, in Luigis Bar die Karte zu studieren, den Margarethengraben zu finden. Ich suchte nach meiner Brille, wanderte mit dem Finger um die Burg herum, kannte mich nicht aus mit den Zeichen und den Schraffierungen, fand die Schlucht nicht.

Wer würde Springfield finden, wer ihn vermissen?

Luigi sollte mich nicht sehen beim Betreten des Hauses. Kinder halten sich die Augen zu, wenn sie für andere unsichtbar sein wollen, und ähnlich machte ich es jetzt. Ich zog den Sonnenhut tief in die Stirn, ehe ich ins Haus schlüpfte. Stand im Dunkeln, tastete mich Schritt für Schritt durch den Flur. Dann gewöhnten sich meine Augen. Die Stiegen knarrten. Springfields Wohnung lag unter dem Dach, er hatte mir die Fenster von der Straße aus gezeigt. Über den Wohnungstüren standen Nummern, Namensschilder gab es nicht. An Springfields Schlüssel hing eine Blechmarke mit der Nummer sieben, es war die siebente Wohnung im Haus, ganz oben. Hausbewohner bekam ich nicht zu sehen. Ich drehte den Schlüssel im Schloss, die Tür öffnete sich. Muffige Parfümschwaden schlugen mir entgegen.

Ich trat ein wie in einen düsteren Stummfilm. Der alten Feline wackelten die Knie, auch der Atem blieb ihr fast stehen. Sie drückte die Tür hinter sich zu wie eine Diebin, das Herz schlug ihr bis zum Hals, dass sie glaubte, jeder Mensch im Haus müsse es hören. Wonach sollte sie suchen?

Angenommen, David würde noch heute in der Schlucht entdeckt, käme die Polizei schnell dahinter, mit wem er vor seinem Sturz die Burg besucht hatte. Sie durfte also nichts berühren und zog ihre Schuhe aus, dann auch die Socken, die sie über die Hände streifte. Auf Zehenspitzen schlich sie vom engen Flur in ein Zimmerchen, durch dessen brüchige Fensterläden ein wenig Licht hereinschien. Sie sah einen Tisch, einen Stuhl, einen verschlissenen Sessel und einen Schreibsekretär, darauf ein Telefon und neben dem Apparat eine Kladde. Auf den ersten Blick handelte es sich dabei um ein Telefonverzeichnis. Das

Zimmer machte auf sie einen ärmlichen Eindruck. Sie konzentrierte sich auf den Schreibsekretär, ein hinfälliges Möbelstück mit ausgeleierten Schüben. Die alte Feline untersuchte die einzelnen Fächer, voll gestopft mit Papieren und Fotografien von Personen, die sie selbstverständlich nie gesehen hatte.

Dann fiel ihr Blick auf eine ausgefranste Ledermappe, die unscheinbar neben der Tischlampe lag. Sie schlug sie auf, schlug sie zu und schlug sie wieder auf. Die alte Feline musste sich setzen, ihre Brille aus der Jackentasche zerren und den Fund ins spärliche Licht rücken. Die Briefmappe enthielt Kreditkarten verschiedener Banken, und jeder Blinde würde merken, die sind gestohlen. Sie ging die Karten durch.

Auch ihre war in dieser Sammlung aufgehoben. Eisige Schauer fuhren ihr in die müden Glieder. Wie war das geschehen, wann hatte Springfield ihre Karte genommen? Fassungslos betrachtete sie die Beutestücke.

Ein Taschendieb, sagte sie plötzlich laut, legte die bestrumpfte Hand an die Lippen. Ein Taschendieb, wiederholte sie. Dieser harmlose, alternde Gigolo. Cornelia wäre vor Entzücken an die Decke gesprungen. Die alte Feline sprang nicht, denn sie entdeckte zwei Karten, die der Baronin Nußbaum gehörten, angeblich von Fanny entwendet und von Fanny mitgenommen ins große Abenteuer.

Mir wurde kalt, finstere Ahnungen beschlichen mich. Ich saß wie gelähmt, wie in einem alten Film, der in der Bruchbude eines gewöhnlichen, kleinen Diebes spielt, nur die Musik fehlte. Die alte Feline hörte sie trotzdem.

Nicht grübeln, suchen, sagte sie und klappte die Ledermappe zu, legte das Telefonverzeichnis auf die

Mappe und stand vom Stuhl auf. Tappte aus dem Zimmer wieder über den engen Flur mit den staubigen Dielen. Sie wusste, dass sie Spuren hinterlassen würde, Spuren, die sie später beseitigen wollte. Wann, später?

Das zweite Zimmer unterschied sich nicht vom ersten. Karges Licht, die Fensterläden geschlossen, ein schmales Bett an der Längswand, daneben ein Nachtkasten und an der Stirnwand ein Schrank. Auf dem Nachtkasten lag ein Buch. Die alte Feline las den Titel: The Bible. Eine amerikanische Ausgabe. Sie sah David Springfield in der Kapelle San Giovanni, betend in das Buch vertieft, die stille Messe für Cornelia, eine Vorbereitung auf das nächste Opfer.

Sie wandte sich dem Schrank zu, öffnete die Türen, entdeckte Springfields weiße Anzüge und den dunklen, den nachtblauen. Die Krawatten waren ordentlich an der Innenseite der Schranktür aufgefädelt. In den Fächern auf der anderen Seite war die Wäsche gestapelt, lagen Hemden, sauber gefaltet. Auf dem Boden des Schrankes standen drei Paar Schuhe.

Unter dem Schrank zog die alte, nun erschöpfte Feline einen Koffer hervor. Er kam ihr bekannt vor. Sie atmete tief durch, ließ die Schlösser aufschnappen. Der Koffer barg Fannys Kleider, gepackt vor drei Tagen im Hotel Weißer Hirsch.

David Springfield hatte Fanny Nußbaum ausgeraubt. Er hatte die Kreditkarten der Mama genommen und den Koffer der Tochter. Wo aber befand sich die Baroness? Hatte er ihr die Zahnbürste gelassen, als er sie in die Bahn setzte?

Am liebsten wäre die alte Feline ans Telefon gesprungen, um in Padua anzurufen, aber sie wagte es nicht. Die Wände könnten ja mithören.

Sie schloss den Koffer, betrat wieder den Flur und öffnete eine Tür, hinter der sich eine Art Waschkammer befand. Es roch nach Pomade, und kein Licht fiel in den Raum, er musste fensterlos sein. Sie suchte die Wand ab, entdeckte einen winzigen Kippschalter. Milchiges Licht sackte von der niedrigen Decke. Der Waschraum war eine Bodenkammer, und das Waschbecken war nicht größer als ein Spucknapf. Davids Toilettenutensilien standen auf einem Hocker, ein ovaler Spiegel baumelte über dem Spucknapf. Sie wollte sich eben abwenden von dem traurigen Bild, als sie eine mannshohe Tür neben dem Waschbecken sah. Vor der Tür am Boden stand eine Autolampe. Sie schaltete das Licht an.

Der Raum wurde taghell, erschreckend hell. Sie richtete den Blick auf die Tür, in der ein Ringschlüssel steckte. Sie drehte ihn, die Tür gab einen quietschenden Laut. Dahinter lag ein Gang, ebenfalls mannshoch. Der alten Feline wurde übel, aber die Logik befahl ihr, den Gang zu betreten. Nach wenigen Metern endete er an einer Stiege. Eine Bodenleiter, sagte sie. Die Luft war zum Ersticken, ihre Füße brannten. Dennoch kletterte sie die Leiter hinauf. Tauben umschwirrten sie, und ein ohrenbetäubendes Gurren riss sie aus der Stille. Sie schlug um sich, die Tauben schrien. Endlich bekam sie Luft und stand im Dachstuhl, aber sie musste aufpassen, dass sie nicht in den Taubendreck trat.

Es war überraschend hell. Verschläge in den Abseiten weckten ihre Neugier, sie leuchtete mit der Lampe durch die Bretterritzen. Dann war ihr in dem Taubenlärm, als höre sie noch ein Geräusch. Vielleicht eine Katze, die sich gestört fühlte. Eine Katze auf Taubenjagd?

Was suchte die alte Feline hier oben? Irritiert richtete sie die Lampe auf einen Verschlag vor ihrer Nase. Ein Stöhnen drang zu ihr, das war keine Katze. Sie trat an den Verschlag, versuchte ihn zu öffnen. Er war mit einem Vorhängeschloss gesichert. Sie musste die Bretter auseinander reißen, eine übermenschliche Anstrengung. Die alte Feline ging in die Knie.

Der Anblick, der sich ihr bot, übertraf alle ihre Erwartungen. Fanny Nußbaum lag gefesselt auf einer Matratze, den Mund verklebt, die Augen aufgerissen wie Wagenräder. Dann ging alles sehr schnell, schneller als im Kino.

Die alte Feline befreite die Baroness aus ihrem Gefangnis.

Nachdem ich Fanny von ihren Fesseln erlöst hatte, untersuchte ich den Dachboden, es musste einen anderen, einen bequemeren Ausgang geben, einen öffentlich zugänglichen. Den gab es auch, eine unscheinbare Tür, die sich schwer öffnen ließ. Hinter der Tür lag ein kleiner Vorplatz, eine Wendeltreppe schlängelte sich hinab. Ich half Fanny auf die Beine, sie machte tapfer mit, ließ sich wegschleppen, blind, taub, mit eingeknickten Knien. Behutsam, Schritt für Schritt krochen wir, Würmern ähnlich, die Treppe hinunter. Ein Wunder, dass wir unten ankamen.

Unerwartet standen wir in einem winzigen Hof, in den die Sonne schien. In dem Hof stand eine Bank, und auf der Bank saß eine alte Frau, wie im Märchen. Fanny stürzte ins Freie, mit einem Aufschrei des Entzückens. Die alte Frau, die vor sich hingedöst hatte, schrak hoch. Fanny fiel weinend auf die Bank. Auch ich fiel. Meine Kräfte waren restlos aufgebraucht. Die alte Frau, eine Italienerin, sagte etwas. Ich verstand es nicht und erwiderte, wir hätten uns verirrt und seien furchtbar müde. Die Frau erhob sich, verschwand, kam zurück mit einer Karaffe Wasser und Gläsern. Wieder eine Märchenszene.

Ich beschwor Fanny, langsam zu trinken. Wir tranken beide wie Neugeborene. Die Frau verschwand, brachte auf einem Tablett Melonen, aufgeschnittenen Speck, Oliven, Brot. Ein Paradies, flüsterte Fanny plötzlich.

Es war der erste Satz, den sie sagte. Die alte Frau lächelte.

Die Hilfsbereitschaft der Alten brachte mich auf die Idee, Fanny in ihrer Obhut zu lassen. Ich musste ja noch einmal zurück in die Wohnung, musste den Koffer, die Mappe holen und Spuren beseitigen. Fanny sah bei Licht besehen weniger ramponiert aus, als ich es befürchtet hatte. Sie war schmutzig, zerzaust, fahl, und ihre Augen traten aus den Höhlen, aber sie reagierte.

Ich versuchte ihr klarzumachen, was noch zu tun sei, erzählte ihr von dem Koffer, von den Kreditkarten. Verstehen Sie mich, Fanny? Sie stöhnte nur. Ich muss noch einmal hinauf, sagte ich. Sie sackte zusammen, ihr Kopf fiel in den Schoß der Frau.

Wir einigten uns darauf, dass sie Fanny beaufsichtigen würde, bis ich wieder zurück wäre.

Die alte Feline war keine gelernte Lebensretterin, man könnte sogar das Gegenteil behaupten, dennoch erwachte in ihr so etwas wie ein Beschützerinstinkt, ungeahnte Fähigkeiten, denen sie sich willig fügte

Sie trat den Rückweg über die Wendeltreppe an, sie

fand zurück in die Wohnung des Amerikaners, ihr Verstand ließ sie nicht im Stich. Sie wischte die Spuren vom Boden, mit einem Handtuch aus der Waschkammer, und sie nahm den Koffer, in den sie die Mappe mit der Kladde stopfte. Sie verließ die Wohnung, nochmal die Bodenleiter mit einem Koffer, nochmal die Tauben. Das gebrauchte Handtuch warf sie auf Fannys Gefangenenlager. Ihre Socken steckte sie in die Tasche, den Wohnungsschlüssel in ihre Jacke.

Sie staunte über ihre Energie. Ein Kraftwerk, das sie nicht mehr in sich vermutet hätte. In ihren Augenwinkeln der Margarethengraben unter der Wendeltreppe. Sie stieg plötzlich leichtfüßig hinab, der Koffer hatte in diesem Augenblick kein Gewicht.

Als sie dann wieder im Hof erschien, bepackt wie eine Vertreterin für schlechte Filme, schlief Fanny auf der Bank.

Die alte Feline setzte sich neben sie, den Koffer zu ihren Füßen. Die Italienerin stand lächelnd auf, ging über den Hof und kam nach einiger Zeit wieder, brachte ihr einen Espresso.

Gesprochen wurde nichts. Natürlich würde sich Fannys Rettung märchenhaft anhören, wenn man davon erzählte. Die Italienerin wusste, dass sie in einem Märchen mitspielte, gute Fee oder Mitwisserin. Ich bat sie, uns ein Taxi zu bestellen. Sie sagte: Giovanni fährt Sie, wohin Sie wollen.

Wer ist Giovanni?

Mein Sohn.

Wir verließen den Hof wie beschenkte Sünder.

Giovannis Auto stand in der Einfahrt neben Luigis Bar. Fanny wurde ins Wageninnere verfrachtet, dann fuhren wir weich gepolstert durch die Stadt zum Hotel.

Der Sohn der Italienerin war ein hochgewachsener, schlaksiger Mensch unbestimmten Alters. Er wollte keine Erklärungen, vielleicht hielt er uns für verrückte Touristen, die leichte Abenteuer gesucht hatten und in einer Sackgasse gelandet waren.

Ich bat Giovanni, am hinteren Eingang des Hotels zu halten, stieg aus, holte meinen Zimmerschlüssel an der Rezeption, lief zum Wagen. Giovanni half mir, Fanny in den zweiten Stock zu bringen, danach holte er noch den Koffer. Ich wollte ihm Geld geben, aber er hob die Hände. Kommen Sie wieder, wenn es Ihnen besser geht, sagte er. Dann war er fort.

Fanny lag im Sessel wie eine Schaufensterpuppe. Ich öffnete die Terrassentür, sog die Abendluft ein.

Den Dreck konnte man abwaschen, die Torturen nicht. Die alte Feline hätte gern ihre Rolle in der dritten Person weiter gespielt, allein der Entführten wegen, die sie jetzt am Hals hatte. Ihr Beschützerinstinkt verflüchtigte sich schlagartig, als sie unter der Dusche stand und sich ausmalte, was morgen sein würde.

Das Wort Trauma setzte sich fest in meinem Kopf, ein Wort, das mir Übelkeit verursachte. Fanny musste wahrscheinlich zurück ins Krankenhaus, und die ganze Geschichte würde auffliegen. Polizei ins Haus kommen.

Leider war ich zu abgekämpft, konnte mich nicht wehren gegen das Trauma. Fanny Nußbaum, ein Fall in Meran – wie recht die Schmiljan hatte, Fanny war entführt worden. Ein Opfer auf dem Dachboden, ein Opfer in der Adreasspalte, der Amerikaner mit dem kleinasiatischen Gesicht hatte hoch gepokert. Ich sah den aalglatten Muratti nebst Uniformierten meine

Zimmer stürmen, war fest entschlossen, die Dinge für mich zu behalten. Wusch den Dreck ab, befühlte meine Glieder und schaffte es gerade noch, in meinen Bademantel zu schlüpfen.

Fanny war nach ausgiebigem Bad sofort zu Bett gegangen.

Ich war blöd, war Fannys zweiter Satz seit ihrer Befreiung. Dazwischen lagen viele Stunden Schlaf.

Mein Gott, wie blöd ich war!

Sie kam aus Cornelias Zimmer, im Morgenmantel, sicher auf den Beinen, bleich, ein wenig abgezehrt und betrat die Terrasse im Vollbesitz ihrer Empörung, so, als sei sie ihrem Liebhaber letzte Nacht auf den Leim gekrochen.

Wo ist Mutter?

Guten Morgen, Fanny, sagte ich. Ihre Mama ist seit drei Tagen abgereist.

Fanny blieb der Mund offen stehen. Abgereist? Ohne mich. Sie sah mich ungläubig an, benommen, vor allem aber irritiert. Sie setzte sich, als würde ihr erst jetzt der Boden unter den Füßen entzogen.

Abgereist, wiederholte sie. Ich dachte, Mutter hätte Sie angestiftet, mich ausfindig zu machen, Frau Feline.

Ihre Mama weiß nichts von Ihrer Entführung und Ihrer Gefangenschaft auf dem Dachboden. Für Ihre Mama sind Sie getürmt.

Dieser Schuft, dieser Halunke, zischte Fanny. Verbrecher. Er hätte mich umkommen lassen. Und Mutter reist einfach ab, überlässt mich meinem Schicksal.

Fannys Gesicht überzog sich mit einer feinen Röte. So ist das also, sagte sie. Abgereist. Wie soll ich das verstehen, Frau Feline?

Es kommt darauf an, was Sie verstehen wollen, Fanny. David Springfield hat Sie benutzt, hat Sie bestohlen, hat Ihre Mutter bestohlen, auch mich hat er bestohlen. Er brauchte Geld, hat Frauen ausgenommen. In der Mappe, die ich in seiner Wohnung fand, liegen einige Kreditkarten von verschiedenen Banken, die Frauen gehören. Er hat Buch geführt über seine Einnahmen, ganz hübsche Summen kommen da zusammen. Vielleicht hat er sogar als Hochstapler Damen um ihr Vermögen gebracht. Ein Dieb, Fanny, ein Hoteldieb. Ihre Entführung muss für ihn die Gelegenheit gewesen sein. Bestimmt wollte er sie nicht umbringen, Fanny, er wollte wahrscheinlich Geld für Ihre Freilassung erpressen. Ihre Mama hätte sicher gezahlt, nur hat Ihre Mama nach Ihrer Flucht aus dem Krankenhaus selbst die Flucht ergriffen, und ihre überstürzte Abreise wird David aus dem Konzept gebracht haben.

Fanny nahm einen Schluck Kaffee, blickte ausdruckslos ins Gebirge, griff nach einem Brötchen, biss hinein und berichtete mit tonloser Stimme: David kam mit dem Koffer ins Spital, und wir verließen es kurz darauf wie Hotelgäste, niemand hinderte uns daran. David wollte mich zum Bahnhof bringen, wie verabredet. Im Taxi sagte er, der Zug gehe in eineinhalb Stunden. Um die Wartezeit zu überbrücken, lud er mich in seine Wohnung ein. Dort gab er mir etwas zu trinken. Fanny legte die Stirn in Falten.

Irgendwann wollte er mir seinen geheimen Gang zeigen, ich sollte durch seinen geheimen Gang spazieren, das sei wie durch einen Tunnel fahren, sagte er. Ich dummes Huhn machte alles mit, war doch so selig, dem Spital entronnen zu sein. Ich kletterte sogar eine Leiter hinauf in dem dunklen Gang. David sagte, oben sei der Dachboden. Auf dem Dachboden wurde ich plötzlich ganz müde, schläfrig, ich wollte wieder zurück, wollte zum Bahnhof. Aber David ließ mich nicht hinunterklettern, er stieß mich plötzlich zu Boden, danach weiß ich nichts mehr. Als ich wieder wach wurde, war es taghell, flogen die Tauben. Ich lag gefesselt und geknebelt. David brachte mir etwas in einem Glas und zwang mich, das Zeug zu trinken, anschließend verklebte er mir den Mund, überprüfte die Fesseln. Ich dämmerte vor mich hin. Zu essen brachte er mir nichts. Ich verspürte auch gar keinen Hunger. Früher oder später würde ich sanft entschlummern, dachte ich. Sie lachte: Woher wussten Sie, wo ich war, Frau Feline, hat David es Ihnen gesagt?

Ich wusste es nicht, sagte ich. Ich wusste auch nicht, dass Sie entführt worden sind. Wie Ihre Mama nahm ich an, Sie hätten das Weite gesucht. David hat mir erzählt, er hätte Sie zum Zug nach Padua gebracht.

Dieses Schwein! Fanny wurde wütend. Wie haben Sie mich gefunden, Frau Feline?

Durch Zufall, sagte ich. Es war purer Zufall, eine Idee. Ich war gestern Vormittag mit David verabredet, er kam nicht. Ich ging in sein Frühstückscafé am Markt, er war nicht da. Das erschien mir merkwürdig, passte nicht zu ihm. Dieser Mann versetzt keine Frau, von der er sich mehr erhoffen kann als nur einen Vormittagsimbiss. Ich folgte einem Impuls, besorgte mir seinen Wohnungsschlüssel, der im Café hinterlegt war.

Fanny nickte, auch sie kannte die Geschichte mit dem Schlüssel.

Ich ging in seine Wohnung, es hätte ihm ja was passiert sein können. In seiner Wohnung war er nicht, aber ich entdeckte Ihren Koffer, wurde stutzig, suchte weiter, fand die Mappe mit den Kreditkarten auf seinem Sekretär und ein Telefonverzeichnis. Den geheimen Gang hinter der Waschkammer entdeckte ich ebenso zufällig und kletterte über die Leiter auf den Dachboden. Den Rest kennen Sie ja.

Fanny brach plötzlich in schallendes Gelächter aus, das Geschirr auf dem Tisch erzitterte. Dabei dachte ich, Sie stecken mit David unter einer Decke, rief sie aus. Ich dachte, Sie beide wollten mir einen Denkzettel verpassen. Ich dachte, die Alten wollten mir mal zeigen, wie es zugehen kann in der Welt, eine abgekartete Sache. Ich dachte sogar, Mutter spielt mit, weiß Bescheid, blöd, nicht wahr? Ich war ganz schön blöd, Frau Feline. Und als Sie dann vor mir standen und mir die Fesseln abnahmen, da dachte ich, das Spiel ist verloren, ich tauge nicht zum freien Vogel, muss zurück in den Käfig, zurück zur Mutter.

Wollen Sie zurück, Fanny? Wollen Sie Ihre Mama anrufen, sollen wir die Polizei verständigen, brauchen Sie einen Arzt?

Fanny hob abwehrend die Hände. Nein, um Himmels willen, nein. Unterstehen Sie sich, Frau Feline. Ich bin nicht krank, will nichts mit der Polizei zu tun haben, es wäre mir furchtbar, wenn die Polizei plötzlich Wind von der Sache bekäme. Mutter soll ruhig denken, ich sei unterwegs. Ich will nicht zurück in ihren Käfig, Frau Feline. Ich will weg, weit weg, das alles vergessen. Was sind drei verlorene Tage, wenn ich vielleicht hundert gewinne? Zugegeben, ich war blöd, hab dem alten Kerl geglaubt, aber warum hätte ich ihm nicht glauben sollen?

Er war so hilfsbereit, hat mir gesagt, Sie hätten

den Koffer gepackt und aus dem Zimmer geschmuggelt.

Das stimmt, Fanny, aber David hat auch mich missbraucht für seine Pläne. Wollen Sie, dass die Angelegenheit im Sande verläuft, wollen Sie nicht, dass David dingfest gemacht wird, soll er nicht bestraft werden für Menschenraub?

Fanny schüttelte energisch den Kopf. Ich habe gepfuscht, David hat gepfuscht, zwei Pfuscher, das ist Strafe genug.

Vergessen Sie nicht die Diebstähle, Fanny.

Sie zuckte mit den Schultern. Irgendwann wird ihn eine Frau hochgehen lassen, warum ich?

Gut, meine Liebe, eine letzte Frage. Waren Sie noch einmal nach Ihrer Flucht aus dem Krankenhaus im Weißen Hirschen?

Fanny schüttelte den Kopf. Natürlich nicht. Wir sind ohne Umwege vom Spital zum Markt gefahren.

Sie haben keine Nachricht für Ihre Mutter an der Rezeption hinterlegt?

Nicht, dass ich wüsste, Frau Feline. Warum fragen Sie? Habe ich das getan?

Es wird behauptet, sagte ich. Muratti hat es gesagt, Muratti, der Geschäftsführer vom Weißen Hirschen.

Vielleicht arbeitet er mit David zusammen, Frau Feline, und schanzt ihm die fetten Fische zu.

Das wäre zu viel Kino, Fanny.

Die Baroness lachte: In zwei Tagen lache ich über mich, Frau Feline.

Bestens, Fanny, aber leider ist die Angelegenheit noch nicht ausgestanden. David hat nichts von sich hören lassen seit gestern, wir sind im Besitz von Beweismitteln, die ihn überführen könnten, haben seinen Wohnungsschlüssel geklaut. Was tun wir damit?

Wegwerfen.

Einspruch. Beweismittel wirft man nicht weg, der Mann ist kriminell.

Fanny wurde rot. Ich will mit dem Mann nichts mehr zu tun haben, er soll meinetwegen zum Teufel gehen, sagte sie.

Ich wusste, dass Fanny kneifen, dass der letzte Akt an mir hängen bleiben würde: Die Mappe zurückbringen, die Telefonkladde und den Schlüssel.

Also gut, meine Liebe, dann bringe ich es hinter mich, suche den Tatort noch einmal auf.

Ihre Augen flackerten. Was, wenn Ihnen David in die Arme läuft?

Mein Risiko, Fanny, oder kommen Sie mit, geben mir Rückendeckung.

Fanny sprang vom Stuhl: Verlangen Sie nicht Unmögliches von mir, Frau Feline.

Beruhigen Sie sich, Fanny, machen Sie Pläne, rühren Sie sich nicht vom Fleck, zeigen Sie sich niemandem im Haus. Wenn ich zurück bin, reden wir von anderen Dingen.

Diesmal nahm ich kein Taxi, diesmal nahm ich mir Zeit und schlenderte durch die warme Mittagssonne in die Stadt zum Markt, spürte, was man hier das Meraner Gefühl nannte, die ausgeglichenen Luftdruckverhältnisse. Die Herzen schlugen ruhiger, nervenschonendes Gift tränkte die Atmosphäre. Cornelias Standardsatz: Der Wind ist zum Greifen, das Licht zum Streicheln, trieb ganze Völkerscharen auf die Straßen.

Ich besorgte mir zwei Plastiktüten, die ich über die Schuhe ziehen wollte in Springfields Wohnung. Zwanzig Minuten später war ich am Markt. Betrat das Haus, wieder begegnete mir kein Mensch. Lautlos öffnete ich die Wohnungstür, fand die Zimmer unverändert, deponierte die Mappe auf dem Schreibsekretär, die Telefonkladde auf dem Tisch, entfernte mich wieder. Kehrte in Luigis Café ein, bestellte Cappuccino, setzte mich in eine Ecke, um den Leuten zuzuhören. Vielleicht gab es Neuigkeiten über den Vermissten. Luigi stand heute nicht hinter dem Tresen. Ich fragte den jungen Barmann, ob ich telefonieren dürfe. Er nickte, zeigte auf das Telefon. Springfields Wohnungsschlüssel wanderte zurück ins Kästchen, ich klingelte im Hotel an, wollte Fanny mitteilen, dass bisher alles glatt gegangen sei. Sie nahm nicht ab.

Über Springfields Verschwinden erfuhr ich nichts, der Lazarus von Meran erfreute mich weiterhin durch seinen tadellosen Abgang.

Später kaufte ich auf dem Markt einen Strauß blauer Glockenblumen, besuchte die Italienerin im Hof neben Luigis Bar. Sie saß wie erwartet auf ihrer Bank im Halbschatten. Ich legte ihr die Glockenblumen in den Schoß. Sie nahm sie wie im Traum.

Als ich am Nachmittag ins Hotel zurückkam, lag der Zimmerschlüssel im Fach an der Rezeption. Fanny war ausgeflogen, der Koffer schien seine Besitzerin diesmal zu begleiten. Cornelias Zimmer wirkte blank geputzt. Auf dem Tisch lag ein kurzes Briefchen.

Liebe Frau Feline,
es musste sein, Opfer sind undankbar. Ich mache wahr, was ich mir vor Tagen vorgenommen habe, reise nach Ve-

nedig. Ziehe den Hut vor Ihnen und hoffe, wir sehen uns unter einem anderen Stern wieder.

Ihre Fanny Nußbaum.

Erleichtert blickte ich in die Gipfel, blaue Spitzen, weiße Wolken. Viel Glück, Fanny. Ich sank in einen Sessel und schlief. Das Meraner Gefühl machte mich schläfrig. Gegen Abend fand ich auf dem Terrassentisch, an dem wir gefrühstückt hatten, ein Kästchen, darin ein Engel aus Elfenbein, eine kindliche Miniatur. Der Kleine für den Großen, stand auf einem Zettel und darunter die Initialen der Baroness.

*

David Springfield wurde nicht gefunden. Es kamen keine neuen Drohbriefe, also musste der erste vom Himmel gefallen sein. Max Miller, den Mann aus Wien, sah ich auch nicht wieder.

Das Meraner Gefühl wurde nach all den überstandenen Aufregungen sprichwörtlich, als sei für mich nun der Augenblick gekommen, die schöne Langeweile zu genießen. Sonnenbäder zu nehmen, über den Kies zu schreiten, mit den Kellnern zu plaudern und Gipfel zu stürmen. Ich stürmte natürlich keine Gipfel. Auch einen zweiten Besuch der Burg ersparte ich mir, obwohl mich ein letzter Blick in die Andreasspalte durchaus gereizt hätte.

Stattdessen telefonierte ich mit Josy Bernstein in Padua, staunte über mich, dass ich es tat. Vielleicht führte Cornelia meine Hand zum Telefon, vielleicht drängte es mich, mit einer Landsmännin des Abenteurers zu sprechen. Keinesfalls wollte ich die Rede auf ihn bringen, und Josy war gar nicht überrascht, von mir zu hören.

Sie sagte: Ich weiß, dass Sie in Meran sind. Sie wollten mit Cornelia kommen.

Cornelia ist gestorben, entgegnete ich. Pfingsten.

Ja, sagte Josy, Lorenz hat es mir geschrieben. Trotzdem sind Sie in Meran, your sentimental journey.

Ich weiß nicht, sagte ich, es ist anders als früher. Noch langweiliger.

Dann kommen Sie nach Padua, ich werde Ihnen etwas zeigen, gab Josy zurück.

Vielleicht, sagte ich, auf mich ist kein Verlass.

Ich habe eine Kleinigkeit für Sie, von Cornelia vor einem Jahr bestellt, sie wollte es Ihnen zum Geburtstag schenken.

Daraus wird nichts, erwiderte ich schnell.

Es läuft nicht weg, sagte Josy, lassen Sie sich Zeit.

Cornelia gab also keine Ruhe, noch immer spielte sie mit. Sogar in Australien wäre sie meine Handlangerin in allen Lebenslagen geworden. Früher beneidete ich sie darum, so viele Menschen an sich ziehen zu können, die ihr alle die Treue halten, auch wenn sie längst treulos geworden war. In den letzten Wochen sprach sie fortwährend von ihrer Einsamkeit, sie fühlte sich verlassen von ihren Freunden. Abgehängt, nannte sie es.

Die Männer wollen nichts mehr von mir wissen, sagte sie, auch beruflich bin ich ihnen nichts mehr wert, sie hören nicht mal mehr zu, sie lächeln über mich. Mein Stern ist gesunken, Feline. Ich glänze nicht mehr.

Als sei sie ewig das junge Ding, suchte sie immer

wieder erotische Abenteuer, war beleidigt, weil ihr die Männer auf der Straße nicht mehr nachblickten, war bis ins Mark verletzt, als ihr Ziehkind Armin Wolf sich einer Jüngeren zugewandt hatte. War sie wirklich in Armin verliebt gewesen, sie war es nie, sie benutzte ihn, spiegelte sich in ihm, schmückte sich mit seiner Bewunderung für sie. In mir sah sie bloß die Zurückgebliebene, das Jüngferchen oder die Männerverächterin. Heiße Gefühle sind dir fremd, Feline.

Plötzlich stand die Urne nicht mehr an ihrem Platz auf dem Toilettentisch. Cornelia war verschwunden. Ich riss die Schränke auf, sah im Koffer nach, im Badezimmer und auf der Terrasse. Mein Bett schlug ich auf, kroch unter das Bett, lief ins Nebenzimmer, durchsuchte die Schränke, die Duschkabine. Das Zimmermädchen, dachte ich, die kleine Helene oder Angelica Rama, und starrte entgeistert in den Schrankspiegel. Ich sah das Zimmer und drehte mich um. Die Urne stand unscheinbar auf dem Nachtkasten am Bett. Fanny hatte in dem Bett geschlafen. Ich musste lachen. Die Urne war zum Maskottchen geworden.

Zwei Tage später reiste ich ab, Cornelia im Handkoffer.

Jagdgründe

Verona, Mantua, ich hätte aussteigen, in Verona unter dem berühmten Balkon stehen können, die Fälschung bewundern, an die Bühne der Liebe denken, durch die Straßen laufen, in der Arena sitzen, eine Schale Oliven essen, im Hotel Adige Zeitungen lesen und den Fall Springfield aus der Ferne verfolgen können. In Mantua mich wiederholen.

Ich saß im Zug und blieb im Zug. Ich hatte den Zug nach Padua genommen, als müsste ich nach Padua, als warte jemand auf mich. Niemand wartete in Padua, ich selbst erwartete mich da. Das Meraner Gefühl wich einer unbestimmten Neugier.

In Padua war alles anders. Ich kam an am frühen Nachmittag, Mitte Juni, leicht bewolkt. Auf dem Bahnhof geriet ich in eine Völkerwanderung. Die Stimmen brausten wie ein Ozean. Geschoben, gestoßen und abgedrangt, erreichte ich den Taxistand auf dem Vorplatz, ließ mich von einem Wagen in die Nähe der Loggia del Consiglio bringen und suchte nach dem Hotel Bambolo, ein alter, lang gestreckter Kasten in meiner Erinnerung. Ich wollte es ohne die Hilfe des Taxifahrers finden und gratulierte mir, als es mir gelang.

Bezog zwei ineinander gehende Zimmer, vor deren

Fenstern die Loggia als steinerne Maske aufragte. Es hatte keine Mühe gemacht, Zimmer zu bekommen, obwohl Padua gerade von Touristen überflutet wurde.

Das sind Tagestouristen, sagte die junge Marietta an der Rezeption. Die meisten kommen nur für einen Tag, Il Santo-Pilger. Sie schrieb ihren Eintrag ins Gastbuch.

Die Zimmer im ersten Stock waren geschmackvoll eingerichtet, Tischchen, Fauteuils, eine Spiegelkommode. In Cornelias Zimmer stand das Doppelbett, darüber ein Baldachin. Im Badesalon hätte ich eine Orgie feiern können.

Der Urne gab ich einen Platz am Fenster, die lebende Cornelia hätte sofort das ganze Zimmer in Beschlag genommen, mir irgendwo ein Eckchen zugewiesen, jetzt war es umgekehrt, das Eckchen bekam sie.

In einer Bar beim Palazzo della Ragione nahm ich einen Espresso, junge Leute kamen laut lachend zur Tür herein, bestellten Cola, mir gefiel ihr Lachen. Der Rauch von Zigaretten wurde von einem träge rotierenden Ventilator fein verteilt. Gläser stießen aneinander, und der Kaffeeautomat zischte. Tassen klapperten, ein Telefon schrillte. Das Meraner Gefühl zerstob. Erst saß ich an der Bar, dann überließ ich meinen Hocker einer jungen Frau mit ihrem dicken Bauch. Im Stehen ließ ich den Löffel fallen, ein Mann hob ihn auf und warf ihn spielerisch dem Barchef zu. Sätze, Wörter flogen über mich hinweg, Schritte klackten auf dem Steinboden, ich war augenblicklich vernarrt in das Treiben der jungen Leute und ließ mich von der Schnelligkeit ihrer Bewegungen tragen.

Dem Altersheim Meran war ich entkommen, nur nicht seinen Schatten. Mister Springfield trat neben mich, bestellte einen Cynar. Er trug eine weiße Jacke, weiße Hosen, seinen alten Kopf hatte er gegen einen jungen eingetauscht, aber der Blick war geblieben, das geckenhafte Lächeln in den fleischgefüllten Mundwinkeln. Ein gewisses Zittern der Hände. Auferstanden von den Toten. Meine Tasse ging zu Boden, alles lachte. Da lachte ich mit. Ein junges Mädchen kam gelaufen und nahm die Scherben auf, streute Sägemehl auf die braune Pfütze. Scusi, Signora, scusi. Ich bekam eine neue Tasse, bestellte einen Grappa. Springfield zog weiter zu einem Spielautomaten.

Dann überfiel mich der Hunger, mir war, als hätte ich seit Tagen nichts gegessen. Ich zahlte und verließ die Bar. Springfield spielte unverdrossen am Automaten.

Auf der Suche nach einer Trattoria geriet ich in eine Prozession. Studenten zogen durch die Innenstadt, sie waren maskiert, verkleidet, liefen stumm. Ich überquerte den großen Marktplatz, tauchte ein in die Arkaden, entdeckte ein kleines Restaurant, trat ein, fand einen Tisch und bestellte Spaghetti, Wein, Fisch, Fleisch und eine Nachspeise.

Die alte Feline stillte ihren Hunger.

Gegen Mitternacht versank ich unter dem Baldachin, sehnte mich nach Rufus. Es war das erste Mal, dass ich seinen Namen laut aussprach auf dieser Reise, ihn im Dunkeln dieses fremden Zimmers vor mir sah, ja, sogar in der Tür stehen sah, in Reisekleidern. Müde, traurig, ein dünnes Wiedersehenslächeln im vertrauten Gesicht. Ich fürchtete die Sehnsucht nach Rufus wie ein Klappmesser, das plötzlich aufspringt, stand auf und ging zum Fenster. Die Loggia stand schwarz, sie war Nacht geworden.

*

Am dritten Morgen in Padua rief ich die Malerin an. Ich könne kommen, wann ich wolle, sagte sie, sie empfange zu jeder Tageszeit. Entweder sie arbeite oder schlafe, dann solle ich es mir auf der Terrasse bequem machen. Bringen Sie eine Melone mit, Schinken, Brot, aber vor allem Zigaretten, amerikanische, ich habe nichts mehr im Haus, nur Whiskey.

Josy Bernstein hatte ihr Atelier in dem heruntergekommenen Palazzo San Guilio in einem aufgelassenen Weinberg, außerhalb der Stadt. Brombeerhürden umwucherten das Anwesen, auf der holprigen Zufahrt wuchsen Brennnesseln, mannshoch. Zu Fuß hätte ich mir den Weg mit einer Machete freischlagen müssen. Über dem verschlossenen Portal hing Efeu in Lianen herab, die Läden an den Fenstern waren vorgelegt. Der Steinhaufen lag wie tot in der menschenabweisenden Wildnis. Ich schickte das Taxi weg, wenngleich ich mich nicht gerade eingeladen fühlte.

Ein grau getigerter Kater kam aus dem Gestrüpp hervor. Er stakste hochbeinig dünn auf mich zu, seine gelben Augen wanderten wie Monde im grauen Pelz. Er trug ein zerfetztes Ohr, und an seinem Schwanz fehlte die Spitze. Sekunden standen wir Aug in Auge, dann machte er kehrt und stiefelte vor mir her auf einem schmalen Trampelpfad, der um die Steinquadern herumführte.

Die Terrasse bot einen überwältigenden Anblick. Auch sie wurde von Brombeeren gesäumt, doch das Auge verlor sich in einem Meer von rotem Mohn. Aus den brennenden Blüten erhoben sich alte Feigenbäume, Buchsbaumreihen, zerzauste Rosenbüsche mit zart blühenden Köpfen. Auf der schachbrettgefliesten Terrasse standen Palmen in Kübeln, Oleander wie Kiefern. Alte Tische, Stühle und Bänke bildeten ein Ensemble, das soeben gestrandet zu sein schien, aus der Wildnis angespült. Die hohe Terrassentür stand offen, das Licht flutete durch die Fächerpalmen in ebenfalls hohe, auf den ersten Blick leere Räume.

Der Kater sprang auf einen Tisch, der sich aus einem Halbschatten abzeichnete, auf dem Gläser standen und Flaschen. Plötzlich schoss ein Hund auf mich zu und kläffte, stellte sich auf die Hinterbeine und riss das Maul auf. Ein strenger Pfiff von irgendwoher hielt ihn zurück. Dann ein Ruf: Bruno.

Bruno gehorchte, legte sich flach, senkte die Nase und sah mich unverwandt an.

Goodness, Sie sind's, ich dachte Theresa.

Josys Stimme hallte durch die Säle, sie rauschte über den kühlen Steinboden herein wie eine Ordensschwester im langen Kleid.

Theresa fürchtet Bruno, aber Bruno ist ein Liebender, kein Beißer, rief sie.

Dann stand sie vor mir, eine gereifte Judith, herabgestiegen aus dem Rahmen eines alten Meisters.

Ich habe Sie erwartet, Signora Feline, aber nicht mit Ihnen gerechnet. How are you?

Ich reise nicht gern, sagte ich, und ich hasse

Schlangengruben. Sie können von Glück sagen, dass ich heil angekommen bin.

Josy lachte: Cornelias Schutzengel kommt überall durch.

Sie trat auf mich zu, nahm mich bei den Schultern, führte mich aus der Halle auf die Terrasse. Bruno folgte uns.

In meiner Schlangengrube haben sich die Hasen breit gemacht, sagte sie. Bruno bevorzugt Hasen zum Frühstück.

Sie ließ sich auf einen Stuhl fallen, ich musste auf der verwitterten Bank Platz nehmen, stellte die Tüte mit der gewünschten Melone auf den Tisch.

Ah, die Zigaretten, ich bin vollkommen abgebrannt, sitze seit sieben Nächten an einem Sebastian. Ich mag die Märtyrer nicht, immer noch Märtyrer im alten Stil. Sebastiane, die Galerien brechen unter den Sebastianen zusammen. Speerspitzen im Kinderfleisch, Rasiermesser wären mir lieber.

Ihre Hände griffen in die Tüte. Sie war alt geworden, verwittert wie ihre Möbel auf der Terrasse. Zerfurcht, abgeblättert, den Mauern ihres Palazzos ähnlich. Aber ihre Augen strahlten, überstrahlten mit ihrer Bläue die knittrigen Wangen, überstrahlten sogar den großen Mund, die durchgekauten Kinnladen. Auf ihrer prächtigen Stirn prangte die Farbe des Mohns. Sie wird mit einem rotgetauchten Pinsel gemalt haben, dachte ich. Der hoch gewachsene, mächtige Leib trug Zucht, ein Novizinnenkleid, über der Brust der vorgetäuschte Latz, die Taille ging fließend in den knöchellangen, weiten Rock über. Trompetenförmige Ärmel gaben ihre kräftigen Unterarme frei. Die Hände waren es gewöhnt, Schwerstarbeit zu verrichten.

Willkommen in meinem Palazzo Confusione, sagte sie und riss eine Packung Zigaretten auf, fischte aus ihrer Rocktasche ein Feuerzeug, zündete sich eine an. Ach, habe ich gesund gelebt, zwei Tage nicht geraucht. Theresa denkt nie an die Zigaretten. Sie wird gleich da sein.

Josy lehnte sich zurück und rauchte gierig.

Theresa kommt vom Land, sagte sie. Meine Türhüterin, meine Hausbesorgerin, ein Herzblatt von einem Mädchen.

Sie richtete ihre blauen Augen durch den Rauch der Zigarette auf mich und fuhr sich mit der linken Hand durch die grauschwarze Mähne.

Ich bin eine nachlässige Gastgeberin, fuhr sie fort, Theresa gleicht das ein wenig aus. Sie ist gelenkig, flink und sehr geschickt im Zubereiten von Nichtigkeiten.

Josys großer Mund deutete ein Lachen an. Sie forschte in meinem Gesicht, als müsse sie sich erst ein Bild von mir machen.

Sie sehen nicht mehr wie Cornelias Schutzengel aus, sagte sie. Früher haben Sie so ausgesehen, vor vielen Jahren, mit Ihren Stutzflügeln, sehr ausgeprägten Stutzflügeln. Ich glaube, Cornelia hat auch so von Ihnen gesprochen. Sie waren ihr Schutzengel.

Ein schlechter, entgegnete ich, der schlechteste sogar, wie Sie wissen.

Josy kniff die Augen zusammen, der Hund erhob sich, trabte von der Terrasse und verschwand im Mohn.

Cornelia hat Sie verlassen, dagegen waren Sie machtlos, Feline. Lorenz hat geschrieben, Cornelia hätte den Zeitpunkt ihres Abschieds nicht besser wählen können, und er schrieb auch von Ihrer Ohnmacht, Ihrer Lähmung, Ihrer Verzweiflung. Der Todesengel trickst den Schutzengel aus.

Es war an ihrem Geburtstag, sagte ich. Wir wollten zusammen frühstücken. Pfingstsonntag. Ein sehr plötzlicher Abschied, oder um es genauer zu sagen, eine Abfuhr, ein tödlicher Schlag in die Magengrube.

Haben Sie ihr nicht verziehen, Feline? Die Malerin drückte den Stummel in eine Untertasse.

Einer Toten kann man nichts mehr verzeihen, sagte ich.

Josy stützte die Arme auf den Tisch, sah mich belustigt an, dann knurrte sie: Schutzengel haben so ihre Prinzipien.

In diesem Moment ertönte freudiges Gebell. Bruno kam auf die Terrasse gerannt, hinter ihm tauchte ein schwarzer Lockenkopf auf, eine knabenhafte Gestalt, beladen wie ein Packesel.

Theresa, rief Josy.

Das Mädchen lud ihre Pakete ab mit unbewegtem Gesicht und scheuchte den Hund.

Josy sagte ein paar Sätze auf Italienisch, die ich nicht verstand, das Mädchen nickte. Betrachtete mich flüchtig und trug die Sachen ins Haus. Der Hund rannte ihr nach mit erhobenem Schwanz.

Wundern Sie sich nicht, Feline, Theresa kann nicht sprechen. Einer ihrer Brüder hat ihr vor Jahren die halbe Zunge abgeschnitten, eine furchtbare Geschichte. Ich habe sie nie verstanden. Theresa kann nicht darüber reden, ihre Familie schweigt, und das wenige, das ich in Erfahrung bringen konnte, klingt nach einem Eifersuchtsdrama unter Brüdern. Vor zwei Jahren stand sie plötzlich hier auf der Terrasse mit einem Korb Eiern, die sie mir schenkte. In Wahrheit wollte sie von zu Hause fort, sie hatte einen Zettel in den Eierkorb gelegt, auf dem geschrieben stand, sie wolle für mich arbeiten im Haus und im Garten. Ein sprödes Kind, misstrauisch, aber gar nicht ängstlich. Ich habe sie nach einiger Zeit aufgenommen und sehe in ihr den guten Geist im Hause. Sie bewacht mich, sorgt für mich auf ihre Weise und hält eine gewisse Ordnung. Fremden zeigt sie sich am liebsten von hinten oder gar nicht. Sie hat sich in meiner Küche eingerichtet, die Küche ist groß, wie alles in diesem Haus. Sie hat ihr Bett dort aufgeschlagen, ihre Kleider stecken in einer Kiste unter dem Bett. Das Zimmer, das ich ihr gegeben habe, betritt sie nur, um eine Blume hineinzustellen oder ein paar Feigen auf den Tisch zu legen. Sie hat es gefegt, hat es mit gelber Farbe gestrichen und hält es sauber, wohnt aber nicht darin. In der Küche fühlte sie sich geborgen, die Küche ist ihre Werkstatt, ihr Schloss. Sie muss es von zu Haus so gewöhnt sein, bei ihrer Familie schlief sie von klein auf in der Küche beim Feuer. Meine kleine Cinderella.

Josy stand auf. Ich gehe zu ihr, sie wird uns etwas kochen, und ich werde ihr sagen, wer Sie sind.

Vor vier Jahren, als Josy Bernstein ihre Bilder in Berlin gezeigt hatte, mochte ich sie nicht. Sie war laut, trank zu viel, umarmte zu viel. Warf sich Cornelia an den Hals, oder war es umgekehrt?

Lorenz hatte sie gefeiert, die Feste in seiner Galerie ihr zu Ehren wollten kein Ende nehmen. Dann waren die endlosen Sitzungen mit Cornelia gekommen. Cornelia als Statue auf einem Melkschemel. Josy malte sie nach der Natur, über ihre Natur hinaus, groß, leuchtend und monströs. Das Porträt einer Leidenschaft. Josy kam, sah und siegte. Josy ging, und das Bild blieb.

Josy Bernstein war selbstverständlich eine gute Gastgeberin. Theresa deckte den großen, runden Tisch in der Halle. Sie brachte gebratene Tauben, Schinken, Früchte, Oliven, eine dampfende Minestrone, Meeresgetier, angerichtet auf einer Etagere. Rotwein stand in einer Karaffe, eine Flasche Whiskey kam auf den Tisch. Josy trank ausschließlich Whiskey. Theresa trug eine Pasta auf und verschwand danach lautlos in den weiträumigen Sälen. Josy rief ihr etwas nach. Bruno lag unter dem Tisch, der abgerissene Kater hatte sich in die Falten eines Überwurfes auf dem Diwan unter den Bogenfenstern eingerollt.

Seit fünfundzwanzig Jahren lebe ich in diesem Palast, sagte Josy. Ich habe ein saures Erbe angetreten. Sie lachte, drückte die vierte oder fünfte Zigarette aus und schlang die Pasta in sich hinein.

Der Bürgermeister von Padua, den ich porträtierte damals, überließ mir seine abgetakelten Weinhänge und das heruntergekommene Anwesen für einige tausend Dollar. Verändern durfte ich nichts an der Hütte. Josy zeigte auf die rissigen Wände, die dunkle Kassettendecke. Eine Restaurierung des Gebäudes nach historischem Vorbild würde Millionen verschlingen, darum begnüge ich mich von Zeit zu Zeit mit einem neuen Anstrich. Wir haben Gas in Flaschen, warmes Wasser, ein paar Holzöfen, frieren natürlich im Winter und laufen in Pelzmänteln durch die Zimmer.

Sie zerpflückte eine Taube, zerschnitt eine Feige.

Doch zum Malen ist dieser Platz ideal. Ideales Licht, Ruhe, Abgeschiedenheit. Zum Leben habe ich kaum Zeit.

Sie lachte wieder und rauchte. Wenn es Ihnen kühl wird, Feline, bringt Ihnen Theresa eine Jacke.

Josy goss sich Whiskey in ein Wasserglas. Cornelia hat mir vor einiger Zeit, ungefähr vor einem Jahr, einen Auftrag erteilt für ein Doppelporträt. Sie schickte mir Fotografien von Ihnen und von sich. Sehr gute Fotos. Josy trank. Machen Sie die Bilder lebendig, hat Cornelia geschrieben, und lebendig machen ist mein Metier, sagte Josy. Ich arbeite meistens nach fotografischen Vorlagen , blase sie auf. Mir sind Fotos viel lieber als stundenlange Sitzungen und das Gerede. Ich spreche nicht gern während der Arbeit, sprechen lenkt mich ab und führt mich von der Leinwand weg. Josy pfiff durch die Zähne. Bruno unter dem Tisch fiepte. Cornelia wünschte sich die Freundinnen auf der Leinwand als Feindinnen. Ich habe lange nach dem Schlüssel zu diesem Satz gesucht, sagte Josy, und habe die Fotos mit der Zeit gegeneinander gelesen. Zwei Frauen, die sich lieben und sich die Augen auskratzen. Josy drehte das Whiskeyglas in der Hand. Dann vergaß ich den Satz wieder, fuhr sie fort. Cornelia liebte nun mal den dramatischen Gestus und eine markante Pose. Sie waren ihr Schutzengel, und daraus entwickelte sich nach und nach ein Motiv der Gegensätze, Cornelia brauchte im Grunde keinen Schutzengel, Sie waren aber da, Feline, beschützten sie gegen sich selbst.

Eben nicht, sagte ich. Cornelia brauchte den Unterschied. Einigkeit in einer Sache langweilte sie. Ich habe sie nie beschützen können oder wollen, sie hätte mich zum Teufel gejagt.

Schutzengel jagt man gern zum Teufel, sagte Josy.

Wir haben uns von Jugend auf gekannt, sagte ich, unsere Freundschaft war auch eine Freundschaft aus Gewohnheit.

Fotografien sind manchmal verräterisch, sagte Josy

und schenkte sich neuen Whiskey ein, trank das Glas in einem Zug. Sie sind eine Stoikerin, Feline, und haben feste Grundsätze, Cornelia hatte keine.

Cornelia gehörte zum Inventar meines seelischen Haushalts, sagte ich.

Wollen Sie sich das Bild ansehen, Feline, es gehört Ihnen, ist für Sie bestimmt.

Ich weiß nicht, sagte ich. Ich weiß es wirklich nicht. Ja, sagte ich.

Das Doppelbildnis machte mich stumm. Es hing in der so genannten Galerie an der Südwestseite des Hauses. Der Raum war lichtdurchflutet, und der Mohn stand in den Fenstern, seine Glut sprühte. Cornelia und ich waren vordergründig im Profil dargestellt, voneinander abgewandt, saßen wir auf harten Hockern. Josy liebte einfaches Gestühl, Melkschemel. Sie hatte uns vor einen großen Wandspiegel platziert, und aus dem Glas blickten die Gesichter auf den Betrachter. Die Profile wirkten steinern, die Spiegelbilder monumental, lebendig, so lebendig, als wollten sie aus dem Rahmen springen. Ein Duett innigster Fremdheit. Cornelia, aggressiv lächelnd, den Blick fordernd nach außen gerichtet. Die alte Feline, ihr Gegenteil. Sie blickte am Betrachter vorbei oder über ihn hinweg. In den steinernen Profilen waren die vorherrschenden Wesenszüge der zwei Frauen zu erkennen. Sie zeigten das Verbindliche ihrer Zusammengehörigkeit, stießen mit den Hinterköpfen zusammen. Sie verband eine feindselige Zuneigung.

Cornelia wäre Josy um den Hals gefallen, stünde sie an meiner Stelle hier. Ich war unfähig, mich zu rühren, erschrak vor den Details, die sich in unseren Gesichtern zeigten. Mein hochgezogenes Kinn, falsche Entschlossenheit, die mich immer begleitet hatte und die ich an mir nicht ausstehen konnte, wenn ich mich morgens nach dem Aufstehen im Spiegel anschauen musste, das Kinn glätten, den Hals entzerren, die Rüschen aus meinen Mundwinkeln bügeln wollte.

Zwei alte Ziegen im Spiegel, sagte ich laut.

Josy stand zwischen den Fenstern, die Arme vor der Brust verschränkt, wie Othello im zweiten Akt. Mir kam plötzlich der Gedanke, sie habe mit wenigen Pinselstrichen mein Innerstes freigelegt, das, was wir die Untiefen eines Charakters nennen.

Ein gutes Bild, Josy, ein sehr gutes Bild, ein raffiniertes Bild und ein schreckliches Bild. Ich werde es mitnehmen.

Mein Plan reifte in dem Augenblick. Das Bild musste aus dem Verkehr gezogen werden. Ich werde es nach Waldshut schicken, Rufus soll es in Empfang nehmen. Bei Rufus wäre es sicher vor unserem Freund Lorenz. Keinesfalls durfte Lorenz dieses Bild zu Gesicht bekommen. Mir standen die Haare zu Berge bei der Vorstellung, Lorenz könne sich des Bildes bemächtigen und es seiner Galerie einverleiben. Am liebsten hätte ich sofort mein Scheckbuch gezückt, um die Besitzverhältnisse ein für alle Mal zu sichern.

Josy trat neben mich, sie musste etwas von meiner Unruhe gespürt haben.

Es ist Ihr Bild, sagte sie mit ihrer warmen, rollenden Stimme. Theresa wird es verpacken, sie versteht sich darauf. Kommen Sie, Feline, gehen wir auf die Terrasse, ich habe Durst. Ich verbrachte den ganzen Tag in Josys Gesellschaft. Andere Arbeiten zeigte sie mir nicht. Vielleicht, weil ich es nicht wünschte oder nicht auf David Springfield zu sprechen kommen wollte. Ursprünglich hatte ich vorgehabt, den Amerikaner aus Meran ins Gespräch zu bringen, dann erschien es mir wieder unklug, denn dann hätte ich auch von Fanny Nußbaum berichten müssen, ihrer Entführung, die mir in dieser Umgebung mit einem Mal unwirklich vorkam, wie ein böser Bubenstreich. Außerdem hörte ich auf meine innere Stimme, die mich warnte, schlafende Hunde zu wecken.

Als ich am späten Abend Josys Mohnschloss mit einem Taxi verließ, war ich im Besitz eines Gemäldes, das ich nie in Auftrag gegeben hätte. Freundschaft in Zwietracht. Natürlich befiel mich der Gedanke, das Bild zu zerstören. Im Geiste zerschnitt ich die Leinwand, vernichtete den Rahmen. Tage sah ich mich damit befasst, Josys Werk aus der Welt zu schaffen. Aber ich tat es nicht. Ich sah es auch nicht wieder an, seine Verpackung schützte es vor meinen Blicken.

Am dritten oder vierten Tag in seiner Gesellschaft brachte ich es zur Bahn, gab es nach Waldshut auf und zahlte eine hohe Summe Transportversicherung. Danach fühlte ich mich der Verantwortung für sein weiteres Schicksal ledig. Vielleicht könnte ich das Gemälde in wenigen Wochen mit anderen Augen sehen.

Warum hatte Cornelia ohne mein Wissen um dieses Doppelporträt gebeten? Warum erfuhr ich von der Existenz dieses Bildes erst nach ihrem Tod? Wäre Springfield nicht in Meran aufgetaucht und Fanny nicht von ihm entführt worden, wäre Josys Name nicht gefallen. Das Bild würde ungesehen in der Galerie von San Guilio hängen, angezahlt, doch nicht bezahlt. Ich wüsste nichts von ihm. Möglicherweise wäre ich irgendwann mit ihm konfrontiert worden, nicht auszudenken, wenn Lorenz es doch erworben hätte.

Das Bild gehört Ihnen, hatte Josy gesagt. Ich habe sie nicht gefragt, seit wann es in der Galerie hängt, wer es schon gesehen hat. Ich empfand mich plötzlich als unhöflich, so wenig Interesse an ihrer Arbeit gezeigt zu haben. Wollte plötzlich ihr Atelier sehen, wollte andere Werke von ihr sehen. Eine Stoikerin hatte sie mich genannt. Ich war nicht nur unhöflich, sondern auch ignorant, nur auf meinen Nabel fixiert und auf die Tote, die ich mit mir herumschleppte.

Ich rief vom Bahnhof in San Guilio an, sie nahm nicht ab. Nach einem Espresso telefonierte ich wieder. Theresa würde selbstverständlich nicht ans Telefon gehen. Ich sah zur Uhr, es war elf, der Tag hatte gerade erst begonnen. Draußen auf dem Bahnhofsvorplatz standen die Taxen.

Wieder brachte mich ein Auto nach San Guilio, die unwegsame Auffahrt hinauf. Ich bat den Fahrer zu warten und nahm den Katzensteig zur Terrasse. Die Tür stand offen. Ich rief ins Haus, dann rief ich den Hund. Niemand ließ sich blicken. Ich lief durch die Halle in Richtung Galerie. Die Tür war verschlossen. Ich klopfte an andere Türen und bekam keine Antwort. Die Küche lag verwaist, und alles war geputzt, Theresas Bett von einem Paravent umstellt. Von Theresa jedoch keine Spur. Ich sah in das gelbe Zimmer, es war leer. Andere Zimmer waren verschlossen. Auch die Katze fand sich nirgends. Meine Schritte hallten. Ich schrieb ein paar Zeilen an Josy und bat um ihren Rückruf im Hotel, legte den Zettel auf den großen, runden Tisch in der Halle unter eine bauchige Flasche und stand noch eine Weile zwischen den Stühlen auf der Terrasse. Ein Wind strich durch den abblühenden Mohn.

Enttäuscht kehrte ich zum Taxi zurück und fuhr nach Padua.

Josy rief nicht an.

Zwei Tage später machte ich die Bekanntschaft mit Mister Jonathan Lowery, er fing mich in der Hotelhalle ab, und wieder war mein erster Gedanke David Springfield. Man hatte ihn endlich in der Schlucht gefunden. Ich sah mich schon auf der Polizeiwache von Padua eine Aussage unterschreiben. Aber Mister Lowery lächelte nur breit und führte mich hinüber zu den Sesseln, bestellte bei Paolo an der Rezeption Whiskey und für mich Sherry. Dann kam er zur Sache.

Miss Schneider, Sie sind mit Josy Bernstein bekannt, nicht wahr? Ich bin Josys Agent aus Boston. Es geht um das Bildnis, das Josy Ihnen überlassen hat, sagte er ohne Umschweife und zupfte aus seiner Jackentasche eine Packung Zigaretten, zündete sich eine an. Das hätte sie nicht tun dürfen, grinste er.

Sein nuschelndes Englisch traf mich an meiner zart fühlenden Stelle im Gehörgang, ich war sofort gewarnt.

Josy Bernstein steht bei mir unter Vertrag, fuhr er fort. Jeder Pinselstrich, den sie macht, wird von mir allmonatlich honoriert, über jeden Auftrag wird von meiner Agentur Buch geführt. Die Auftraggeber müssen die Bilder über die Agentur in Boston erwerben, das ist seit langem Geschäftspraxis und in jedem einzelnen Punkt geregelt. Leider versucht Miss Bernstein gelegentlich unsere Vereinbarungen auf den Kopf zu stellen. Das ist für alle Beteiligten meistens sehr unangenehm. Ich hatte keine Ahnung, sagte ich.

Der Agent nippte wie ein Baby an seinem Whiskeyglas, während ich den Sherry verschmähte.

Davon bin ich überzeugt, entgegnete er. Ich muss das Bild dennoch zurückfordern, eine Maßnahme, die ich Ihnen nicht ersparen kann, Miss Schneider.

Mister Lowery, sagte ich, Sie können mir sehr viel erzählen, ich habe das Bild zu einem angemessenen Preis von Josy Bernstein gekauft und bin nicht gewillt, Ihnen, der sich als Agent von Josy ausgibt, ein rechtmäßig erworbenes Bild zurückzugeben, nur weil möglicherweise Spielregeln nicht eingehalten worden sind. Das müssen Sie mit Ihrem Schützling klären, nicht mit mir.

Ich sprang wütend auf, was nahm sich dieser Kerl von einem Baum da heraus, schließlich waren wir hier in Europa und nicht in Boston. Woher hatte dieser Agent gewusst, wo er mich finden konnte?

Miss Schneider, sagte Lowery kalt, Sie befinden sich im Besitz von Diebesgut, ob wissentlich oder unwissentlich, spielt in diesem Fall die geringste Rolle. Das Porträt der zwei Frauen gehört meiner Agentur, ein internationales Abkommen über den Handel mit Kunstwerken gibt mir das Recht, mein Eigentum zurückzufordern, gleichgültig, wie es zuvor erworben worden ist. Dieses Abkommen schützt nicht den Urheber des Kunstwerkes, sondern den Vermittler, sowohl in Europa als auch in den Vereinigten Staaten.

Kein Kommentar, Mister Lowery, ich betrachte dieses Gespräch als beendet. Schon stand ich in der Mitte der Halle, entfernte mich raschen Schrittes an der Rezeption vorbei, nickte Paolo zu und lief hinaus auf die Piazza. Überquerte die Via Garibaldi, verschwand in einer kleinen Kapelle, um mich zu beruhigen.

Der Kerl war natürlich in San Giulio gewesen, Josy musste ihm von mir erzählt haben, dann hatte er meine Nachricht für sie vorgefunden. Agent. Das Wort ging mir nicht mehr aus dem Kopf. Wer denkt schon an Agenten, wenn er ein Bild kauft, noch dazu aus den Händen der Malerin, der Urheberin des Kunstwerkes?

Das leere San Giulio erschien mir mit einem Mal in einem ganz anderen Licht. Josy wird vor ihrem Agenten geflohen sein, Theresa, Hund und Katz eingeschlossen. Das Bild gehört Ihnen, waren ihre Worte gewesen. Daran wollte ich mich halten, der Agent konnte mir gestohlen bleiben. Ich betete zur heiligen Clara, das Gemälde möge unversehrt in Waldshut eintreffen. Welch unerwartete Wendung und welch ein Glück, dass das Bild unterwegs war. Ich opferte der heiligen Clara einige Lire und verließ die Kapelle. Nahm in einer Trattoria unter den Lauben einen Imbiss und kehrte dann ins Hotel zurück.

Paolo grinste mir entgegen. Der Amerikaner hat sich nach Ihrer Zimmernummer erkundigt, sagte er. Paolo zuckte mit den Schultern. Sie können das Zimmer wechseln, schlug er vor. Wir haben im Privattrakt eine kleine Suite, die man nur mit einem Spezialschlüssel erreichen kann, sie ist besonderen Gästen vorbehalten.

Ich war Paolo dankbar und nahm sein Angebot an.

Zwei Zimmermädchen besorgten den Umzug in den separaten Teil des Bambolo. Innerhalb von zwanzig Minuten sah ich mich weggesperrt wie in einen Tresor.

Auch in der neuen Suite gab es das Bett mit dem Baldachin. Die Urne stellte ich auf die zierliche Konsole unter einem ovalen Wandspiegel.

Die alte Feline ähnelte plötzlich den Pinselstrichen der Malerin. So hatte es die Tote gewollt vor einem Jahr.

Später versuchte ich Josy zu erreichen, es meldete sich ein Mann namens Giovanni, der Gärtner. Signora Josy sei verreist, sagte er, wann sie wiederkäme, wisse er nicht. Ich nannte meinen Namen, sagte, ich würde wieder anrufen.

Das Unvorhersehbare wurde plötzlich Konzept seit Cornelias Tod. Sie hatte mir mit ihrem letzten Atemzug das Unvorhersehbare neben den Realien hinterlassen. Ich musste jederzeit zu ungewohnten Schritten bereit sein, und ich sah mich in der so genannten Pflicht, gegen meine Natur zu handeln. Normal wäre es gewesen, die Ereignisse der letzten Wochen als Zufälle hinzunehmen, eine Kette von Widrigkeiten am Rande meines Blickfeldes. Wer hatte mir den Auftrag gegeben, Lensky ins Jenseits zu befördern, warum bekümmerten mich das Leid dieser Fanny Nußbaum und die üblen Neigungen des Abstürzlers David Springfield?

Wer hatte mich veranlasst, nach Padua zu fahren, um mir dort ins gemalte Gesicht blicken zu müssen?

Wusste ich denn nicht, was ich tat und was mich erwartete, oder war ich auf meine alten Tage gewissenlos geworden, war ich auf der Suche nach Sensationen und durch den unfreiwilligen Abschied von Cornelia in einer Stimmung gefangen, die mich ebenfalls in die Nähe des Abgrunds drängte?

Hatte Josy Bernstein das Unvorhersehbare, das mich umgab, schon viel früher entdeckt und mir auf die Stirn gepinselt?

Der Agent hinterließ eine Spur in Gestalt eines Beschatters. Auf meinen täglichen Spaziergängen durch die Stadt war er plötzlich hinter mir. Glaubte er, ich trüge Josys Gemälde von hier nach dort oder träfe sie in einer Katakombe?

Eine alte Empfindlichkeit wurde wieder wach in mir durch die unbotmäßige Nähe dieses Unbekannten. Agenten schickten ihre Schnüffler. Mister Lowery wollte mir wohl Furcht einjagen?

Das erinnerte mich an vergangene Zeiten, als Cornelia mal einen Detektiv angeheuert hatte, der jeden meiner Schritte überwachen sollte. Damals traf ich mich mit Rufus an abgelegenen Orten in Berlin. Wir hielten Händchen im Schatten von Gasometern, saßen in vergessenen Flohkinos und gingen am Teltowkanal entlang. Cornelia hatte damals einen Verdacht, konnte mir aber nichts nachweisen. Sie drohte Rufus, spielte sich als Megäre auf, wir nahmen ihre Drohungen sehr ernst. Cornelia finanzierte ihren Bruder, ohne sie hätte er nicht studieren können. Wir fürchteten damals, sie könnte ihm ihre Gunst entziehen. Ich als Lohnschreiberin beim Edelweiß hätte den angehenden Forstinspektor mit keinem Pfennig unterstützen können. Und Cornelia litt an krankhafter Eifersucht, ihre Anfälle kamen Erdbeben gleich, wir mussten es ihr recht machen, mussten unsere Liebe vor ihr verstecken. Also musste ich ihren Spürhund damals abhängen, eine sportliche Herausforderung, der ich mich leidenschaftlich ergab. Beweglich wie ich war, verliebt in Rufus und verliebt in die Heimlichkeit.

Davon war selbstverständlich nichts mehr übrig. Meine sportlichen Leistungen erschöpften sich in Gedanken an alte Geschichten. Vor einem Agenten davonlaufen in meinem Alter, war lächerlich. Und doch nahm ich mich in Acht, lief auf die Scrovegnikapelle zu, die geschlossen war. In restauro. Von meinem Verfolger sah ich eben noch eine Jackettschulter, dann einen dunklen Wagen mit schwarzen Fenstern wie in einem Gangsterfilm. Der Jackettmann schoss auf mich zu, der Wagen hielt. Ich verstand und konnte nirgends hin. Auch nicht um Hilfe rufen, die anderen Autofahrer auf dem Corso würden mich gar nicht hören. Doch plötzlich öffnete sich die Pforte der Kapelle, ein Arbeiter, von Kopf bis Fuß bemehlt, trat heraus und stieß mit meinem Beschatter zusammen. Automatisch rutschte ich hinter den Männern in den offenen Spalt, schlug die Pforte zu und rannte unter einem Wald von Gerüsten hindurch ins Innere der Kapelle. Erwischte eine Tür, riss sie auf und befand mich in einem Beichtstuhl. Ich sank auf die Knie, lobte die Segnungen dieser katholischen Einrichtung und sandte ein Stoßgebet nach oben.

Stimmen drangen in mein Gehäuse. Dann trat Stille ein. Nach einer Weile flüsterte jemand: Signora. Kurz darauf wedelte ein Lappen vor meiner Nase. Ich sollte ihn nehmen, mir vor das Gesicht halten, um nicht so viel Staub einzuatmen. In der Dämmerung meines Versteckes waren die Umrisse des Mannes zu erkennen, der mit meinem Beschatter vor der Pforte zusammengeprallt sein musste.

Ich trat aus dem Beichtstuhl, den Lappen vor der Nase. Wir verständigten uns durch Kopfnicken und in Zeichensprache.

Der Mann lotste mich aus der Kapelle über eine Treppe nach unten. Er murmelte etwas von Polizei, ich sagte, nein, keine Polizei.

Keine Polizei, wiederholte er mechanisch, griff in seine bemehlte Brusttasche, fingerte ein Telefon heraus und sprach mit jemandem. Dann lachte er und sagte im schönsten lautmalerischen Englisch: My brother is coming, he will be your survivaldriver.

Ich war entzückt. Was vor der Pforte passiert war, erfuhr ich nicht, wegen Verständigungsschwierigkeiten oder weil der junge Mann, der sich als Philippo vorstellte, es hinter seinem Lachen versteckte.

Eine Stunde nach dem missglückten Versuch, mich zu verschleppen, war ich dank Philippos Einsatz wieder im Bambolo.

Der survivaldriver, namens Gino, flog im Fiat Punto, ich auf dem Rücksitz, mit der Eleganz eines Piloten aus dem Tiefgeschoss der Kapelle durch alle Einbahnstraßen Paduas in falscher Richtung. Die dunkle Limousine war nirgends zu entdecken gewesen.

Am selben Abend rief Giovanni, der Gärtner an. Er sagte langsam und bedächtig, Signora Josy wird in den nächsten Tagen zurückkommen. Er sagte es zweimal hintereinander wie ein Automat, ich vermutete sofort eine Finte und fragte ihn, ob Mister Lowery hinter ihm stehe.

Er lachte gezwungen: Nein, nein Theresa ist da, Theresa passt auf, dass ich alles richtig sage, auf Theresa kann man sich verlassen, Signora.

Ich war trotzdem wachsam, bat Giovanni, Signora Josy auszurichten, sie möge mich doch anrufen, aber da hatte er schon aufgelegt. Glücklicherweise hatte mir Philippo seine Telefonnummer gegeben, ihn konnte ich jederzeit um Hilfe bitten. Leider besaß ich kein Mobiltelefon, dieser technische Fortschritt war an mir vorübergegangen, und ehe ich eine Zelle erreichte …

Am Morgen danach wurde meine Vermutung bestätigt. Mister Lowery blieb mir auf den Fersen. Sein Jackettmann stand, auffällig hin und her gehend, gegenüber vom Hotel.

Ich nahm den Privatausgang, um ihn meinerseits zu beobachten, hatte jedoch nicht mit einem zweiten Mann gerechnet.

Die Rempelei mit dem zweiten Mann passierte zwanzig Minuten nachdem ich das Hotel verlassen hatte, an der Piazza dei Signori.

Ich stolperte, sah aber das Hindernis nicht. Schon griff eine Hand nach meinem Ellenbogen. Ich reagierte ohne hinzusehen, stieß mit hochgerissenem Knie gegen Weichteile wie eine geübte Selbstverteidigerin und entkam der Umklammerung. Vor mir stand mit unbewegtem Gesicht der Verfolger von gestern, eine gedrungene Ausgabe des amerikanischen Agenten.

Viele Menschen bevölkerten die Piazza, eine Verschleppung würde niemand bemerken. Das Geschrei einer Frau würde bestimmt Aufmerksamkeit erregen.

Ein Touristenbus, der eben seine Parkbucht verlassen wollte, um auf der Piazza zu drehen, geriet durch die vielen Menschen auf dem Platz in Bedrängnis. Statt zu bremsen, gab der Fahrer Gas. Die Leute schrien. Mit einer mir ungeahnten Behändigkeit warf ich mich nach vorn gegen den Jackettmann, wirbelte um die eigene Achse und trat hinter mich. Der Mann stürzte vor den Bus, der andere rettete sich durch einen Sprung zur Seite. Die Leute stoben auseinander, der Bus kam kreischend zum Stehen.

Vor mir taten sich Jagdgründe auf, in die ich nicht einmal in der Andreasspalte geschaut hatte. Entsetzt wandte ich mich ab, mischte mich unter die Leute.

Lowerys Mann wurde verletzt geborgen, die Touristen aus dem Bus liefen wie aufgescheuchtes Wild über den Platz. Der Fahrer stand kopfschüttelnd neben seinem Fahrzeug. Die Polizei, die sofort da war, tat das Übliche wie überall auf der Welt, wenn sich ein Unfall ereignete. Der zweite Mann wurde als Zeuge des Unfalls in die Mitte genommen. Meine Hüfte brannte, krumm und lahm entzog ich mich der Unfallstelle, sehnte mich nach einem Schnaps, wünschte, Rufus wäre zur Stelle und würde mich in den Arm nehmen. Ich wurde kindisch, als wollte ich mich für alle Überfalle in der Welt an seiner Brust ausweinen.

Aber fürs Kindischsein war es nun schon lange zu spät, für die Liebe war es sehr viel später, und das Glück kam nie zur rechten Zeit.

Gino stand unerwartet mit seinem Punto auf der Piazza. Er riss mir den Schlag auf, ich sank auf den Sitz. Im nächsten Augenblick hielt ich eine Flasche Nardini in der Hand, nahm einen dreifachen Schluck Grappa und klagte und klagte.

Signora, Sie brauchen jemanden, der Ihnen den Rücken freihält, sagte Gino in klaren, deutschen Worten, sodass mir der letzte Tropfen Grappa wie ein Fanfarenstoß durch die Kehle schoss.

Wer sind die Männer, was wollen sie von Ihnen, stieß Gino nach. Der junge Mann blickte teils ernst, teils belustigt auf mich herab.

Sie sprechen ja meine Sprache, Gino. Warum habe ich das gestern nicht bemerkt?

Sie standen unter Schock, sagte er.

Unter Schock? Ich dachte, ich sei nur schockiert gewesen, Gino.

Mein Bruder Philippo spricht ein wenig Englisch, und ich war ein paar Jahre in Deutschland, in Wolfsburg.

Der junge Mann verließ die Piazza dei Signori vorschriftsmäßig.

Sie sind in der Klemme, Signora, stimmt's?

Sieht so aus, sagte ich wahrheitsgemäß. Der Mann, der es auf mich abgesehen hat, will mir ein Bild abjagen, das ich vor kurzem von einer Malerin gekauft habe, das ist alles. Der Mann ist Amerikaner, angeblich der Agent der Malerin. Gino schüttelte den Kopf. Es sind vier Männer, Signora. Ich habe sie gesehen heute früh am Bambolo. Der große Wagen, zwei Männer im Wagen, zwei vor dem Hotel. Ich bin dem großen Wagen gefolgt, er ist eben hier vom Platz gefahren. Sie haben den Jungs ja ordentlich eingeheizt, alle Achtung, Signora. Aber es wird nicht gut ausgehen für Sie, es sind zu viele.

Seltsame Methoden, eine alte Frau zu erschrecken, murmelte ich. Ich habe einen ansehnlichen Preis gezahlt für das Bild, der Agent behauptet jedoch, das Bild gehöre ihm, seiner Agentur.

Sie sollten mit der Polizei sprechen oder mit der Malerin, sagte Gino.

Wir hatten Padua verlassen, befanden uns auf einer Ringstraße um die Stadt, man sah die Basilica San Antonio wie von einem Karussell aus.

Die Malerin ist verschwunden, verreist, sagte ich. Sie wohnt in San Guilio.

San Guilio? Gino sah mich von der Seite an. In San Guilio kann man doch nicht wohnen, außer in einer Hundehütte.

Eine prächtige Hundehütte, sagte ich. Die Amerikanerin bewohnt einen alten, baufälligen Palast, umgeben von einer Wildnis. In dem Palast hat sie ihr Atelier, sie lebt mit einer jungen Frau namens Theresa und einem Gärtner, der Giovanni heißt.

Ich war nie dort, sagte Gino, aber Philippo wird es kennen. Er kennt jedes alte Gemäuer an der Brenta, das ist sein Beruf. Er klopft auf alten Steinen herum, und ich repariere alte Autos.

Warum waren Sie heute früh am Hotel, Gino?

Aus Neugier, Signora. Schließlich bringt man nicht alle Tage eine Dame vor ihren Verfolgern in Sicherheit. Da sah ich das Auto, den Lamborghini, es ist ein Leihwagen mit einer Provinznummer. Die Nummer hatte sich Philippo gemerkt. Ich bin dem Wagen nachgefahren auf die Piazza. Und dann sah ich Sie.

Der durchgedrehte Busfahrer war Ihre Rettung, Signora. Außerdem hätte ich nicht zugelassen, dass man Ihnen ein Haar krümmt.

Danke, sagte ich. Ich sollte Sie zu meinem persönlichen Schutz engagieren.

Schon geschehen, Signora. Ich habe Zeit.

Die alte Feline ging in sich, während der Automechaniker Gino Lamberti sie durch das Brentatal kutschierte, manchmal mit dem Finger einen Hügel hinaufzeigte auf eine strahlende Villa, von Zypressen gesäumt. Sie hatte jetzt schon vier oder fünf dieser Kostbarkeiten gezeigt bekommen, aber sie schaute nicht richtig hin, ihr entgingen die Schönheiten. Auch die Orte, in die Gino hinein-, dann wieder hinausfuhr, wischten an ihr vorbei.

Seit Cornelias Staubwerdung geschahen Dinge, die zu ihren Lebzeiten undenkbar gewesen wären. Vor einem Jahr in Meran waren die Tage und Wochen ohne jeden Zwischenfall verlaufen. Vor einem Jahr hatte Fanny Nußbaum kein Rasiermesser zur Verbesserung ihres Daseins benutzt, Mister David Springfield war vor einem Jahr nichts anderes als der ewig alternde Gigolo. Ich verdankte Cornelia diese Fülle an Ereignissen. Fannys Fiasko, Davids Abflug in seine Andreasspalte. Sogar das Auftragsbild und seine Folgen gingen auf ihr Konto. Durch Cornelias Machenschaften taumelte ich von einer Falle in die nächste. Ich sollte mich von ihrer Urne trennen, sie verpacken und mit der Post nach Waldshut aufgeben. Lieber Rufus, verzeih, dass ich dir mein schlechtes Omen sende, aber ich komme bald nach.

Zurück im Hotel, übergab mir Marietta an der Rezeption einen Brief. Gino stand gespannt dabei, die Hoteltür im Auge. Es war ein dünner Brief, die Buchstaben auf dem Umschlag standen wie gemeißelt. Er enthielt ein Blatt mit dem Satz: Die Luft ist rein. Das J. darunter erinnerte an gotische Lettern.

Gino zog die Stirn in Falten. Ablenkungsmanöver, sagte er.

Marietta berichtete von einem älteren Italiener, der den Brief am frühen Abend abgegeben habe.

Jeder verdient sich gern ein paar Lire extra, konterte Gino.

Wir bestellten bei Marietta Kaffee, dann sagte mein Beschützer: Die Malerin hält Sie zum Narren, Signora. Nicht der Agent.

Oder sie sammelt für jedes ihrer Werke mehrere Kunden, um viele Eisen im Feuer zu haben, sagte ich.

Verstehe ich Sie richtig, Signora? Vier verschiedene Kunden haben Sie durch die Stadt gejagt?

Vielleicht langweilt sich Josy Bernstein, sagte ich. Bläst zur Hetzjagd, bläst wieder ab.

Gino riss die Augen auf: Die Frau möcht ich sehen!

Unsinn, Gino, ich bin müde, rede dummes Zeug. Aber morgen fahren wir nach San Guilio, wenn Sie Zeit haben.

Ich habe Zeit, Signora, viel Zeit.

Palazzo Confusione. In San Guilio empfing uns der greinende schwarze Hund Bruno. Gino riss sofort die Arme in die Höhe, er fürchtete sich vor Hunden. Giovanni fegte wie ein Blinder die Terrasse, von Josy keine Spur im Haus. Theresa saß in der Küche auf ihrem Bett. Der Paravent stand zusammengefaltet an der Wand. Ich hatte Gino unterwegs erzählt, dass Theresa nicht sprechen könne.

Aber sie versteht doch, Signora?

Ich glaube schon, Josy hat ganz normal mit ihr gesprochen.

Es war ein Mittwochvormittag, die Sonne stand hoch, es würde heiß werden. Die Tage der Hitze würden die Konturen allmählich auflösen, ich sah schon jetzt nur noch verschwommene Flächen, ineinander fließende Formen. Musste die Augen zusammenkneifen, um Theresa nicht nur für ein Zeichen an der Wand zu halten. Theresa blickte ebenfalls durch uns hindurch, als hätte Josy sie in eine Sphinx verwandelt. Gino machte einen Schritt auf sie zu, sie hob abwehrend die Hände. Das tat sie so bestimmt, dass er einige Meter vor ihr stehen blieb und mit den Händen zu sprechen begann.

Fragen Sie Theresa, was passiert ist, Gino, aber fragen Sie behutsam, und sie soll es aufschreiben.

Theresa senkte den Kopf, als Gino zu ihr sprach

und seine Hände dabei hinter dem Rücken versteckte. Sie sollte sich nicht vor ihm fürchten. – Hatte Josy nicht gesagt, Theresa gehe Männern aus dem Weg?

Einen Augenblick später erhob sie sich, führte uns aus der Küche in das gelbe Zimmer. Sie wies mit dem Finger an die Wand neben der Tür. Zeichen, Buchstaben, die schöne gelbe Wand war mit schwarzen, hohen Lettern verunziert worden.

Gino setzte die Wörter zusammen, die an der Wand geschrieben standen: Signora Josy musste mit ihrem Mann gehen. Die Luft ist rein.

Endlich erschien Giovanni in der Tür, er blickte von einem zum anderen, Theresa gab einen unbestimmten Laut von sich, Bruno kauerte sich nieder, und Giovanni sagte schwerfällig: Die Signora will sich scheiden lassen, der Mann will all ihre Bilder. Er hat Rechte an ihren Bildern, die Signora will aber ihre Bilder nicht an den Mann ausliefern. Sie musste mit ihm nach Mailand fahren, dort soll gerichtlich entschieden werden, was mit dem Eigentum der Signora zu geschehen hat. Die Signora lebt schon lange von ihrem Mann getrennt. Er ist auch Amerikaner.

Gino konnte sich eines Grinsens nicht erwehren beim Übersetzen, doch Giovanni, der Gärtner, verzog keine Miene.

Die Signora hat sich nicht lange genug vor ihrem Mann versteckt, fuhr er fort. Zu viele Komplikationen.

Er warf mir einen schüchternen Blick zu. Theresa sah mich mit ihren schräg stehenden Augen zum ersten Mal aufmerksam an. Dann lächelte sie, nahm meine Hand und führte mich aus dem gelben Zimmer in die Halle, durch die Halle über dunkle Gänge in einen abgelegenen Trakt des Hauses. Sie schloss eine Tür auf. Wir betraten Josys Atelier.

Das Licht fiel von oben durch eine gläserne Kuppel, gedämpftes Licht, graues Licht, auch die Wände des Ateliers waren grau gestrichen. Der Kontrast zu den farbigen Gemälden auf Staffeleien, Stühlen und Tischen konnte nicht größer sein. Theresa lächelte nicht mehr. Ihr Blick zwang mich, ihr zuzusehen. Sie nahm einen groben Skizzenstift aus einem Kasten, ging zur Wand neben der Tür und schrieb in großen Buchstaben den deutschen Satz: Das Bild gehört Ihnen.

Dann drängte sie mich wieder hinaus, schloss das Atelier ab, steckte den Schlüssel in ihre Rocktasche, und wir liefen die Gänge zurück, erreichten die Halle.

Giovanni saß mit Gino am großen, runden Tisch, auf dem weder Flaschen noch Gläser standen.

Wir halten hier die Stellung, sagte Giovanni, wissen nicht, wann die Signora ihre Angelegenheiten geregelt haben wird. Aber wir hoffen jeden Tag auf ihre Rückkehr.

Ist Mister Jonathan Lowery der Mann der Signora, Giovanni?

Er legte den Kopf schief und sah mich prüfend an, dann nickte er. Ja, ja, Mister Lowery, kein feiner Mensch.

Theresa zog sich zurück, Gino blickte ihr nach. Die Hitze lag auf der Terrasse wie ein fauchender, Feuer speiender Drachen. Giovanni stand auf, um hinter uns die Terrassentür zu schließen.

Was halten Sie von der Geschichte, Gino? Ich blinzelte in die Sonne und zückte meine dunkle Brille.

Ich weiß nicht, Signora, sie erklärt nicht, warum die Kerle es auf Sie abgesehen haben.

Jonathan Lowery wollte an seine Frau Josy herankommen, ich war nur der Köder, Gino. Dann hat er sie erwischt und die Jagd abgeblasen.

Der Mann ist gefährlich, erwiderte Gino, und das in unserem friedlichen Padua, Signora.

Die Luft ist rein, sagte ich. Das Bild gehört Ihnen. Theresa hat ihre Lektion gelernt, eine Musterschülerin, Josy kann stolz auf sie sein.

Ein armes Luder, dieses Mädchen, schade um sie, sehr schade.

Der Gärtner stand hinter der Tür und starrte uns nach, als wir die dreimal gefegte Terrasse verließen.

*

Padua glühte in diesem Sommer. Die Hitze quoll wie brennende Lava durch die Straßen, die Mauern strahlten, als lodere in ihnen Feuer, die Luft knisterte. Ein Funke würde genügen, den eigenen Atem anzuzünden.

Ich war erleichtert, Padua verlassen zu können. Gino Lamberti chauffierte mich zum Abschied über den Corso. Von Josy Bernstein war keine Nachricht gekommen, Briefe in gotischen Lettern blieben aus.

Gino brachte mich sogar zum Bahnhof, setzte mich in den Zug, verstaute mein Gepäck und winkte am Bahnsteig stehend. Als hätte ich in letzter Minute einen Sohn bekommen.

Vor dem Abteilfenster zerfaserte das Land in der Hitze, zerfaserte der Himmel. Ohne Stift, ohne Papier schrieb ich an Rufus nach Waldshut. Es waren

Briefe aus Luft, Liebesbriefe im alten Stil, jugendliche Briefe oder kindliche.

Unserer Verabredung stand diesmal nichts im Wege, im Gegenteil, Cornelia kam mit. Die Urne begleitete mich, ich hatte sie nicht als Frachtgut aufgegeben, mochte mich nicht von ihr trennen. Es war das erste Mal in vierzig Jahren, dass wir gemeinsam den Jäger besuchten. Unsere alte Heimlichkeit würde zerfasern, wie das Land in der Hitze, wie der Himmel in der flirrenden Luft. Unser Bündnis, das Rufus und ich der Heimlichkeit verdankten, könnte einen Riss bekommen. Der Glanz unserer verschwiegenen Liebe würde abstumpfen. Manchmal sah ich in diesem weißen Licht Cornelia mir gegenüber im Abteil, einen Apfel schälen. Hochsommer, ihre liebste Zeit. Ein unverwüstliches Gewächs, in der größten Hitze die passende Haut. In der größten Hitze war sie durch die mittägliche Glut Merans gerannt, um eine entlegene Kirche aufzusuchen. Die schönen Opfer des Sommers, hatte sie ihre einsamen Exkursionen genannt. Da ich nicht mit ihr rannte, tadelte sie mich der Feigheit vor dem Licht.

Rufus Findeisen war fünf Jahre jünger als ich, sieben Jahre trennten ihn von Cornelia. In diesem Sommer sollte endgültig Schluss sein mit der Jägerei in aller Welt. Rufus wollte sich zur Ruhe setzen. Die Berufsjägerei muss einmal ein Ende haben, sagte er. Ich kann nicht mein Leben lang als Leihjäger durch die Welt hetzen, nur um mein Scherflein einzufahren. Ich bin müde, der Reiz des Abenteuers hat sich erschöpft. Geld lockt mich nicht mehr, und die Wildnis ruft andere, jüngere. Jäger wachsen nach wie Bäume.

Seit einiger Zeit plagte ihn sein Herz, die Doktoren stellten einen Herzklappenfehler fest, eine Operation wurde unaufschiebbar. Rufus unterm Messer, es war ihm nicht der Rede wert. Später wollte er in seinen heimischen Wald.

Waldhüter im Dienste der Staatsforsten werden immer gebraucht, sagte er. Er fürchtete sich nicht vor dem Abstellgleis, er sehnte es sogar herbei, eine unerklärliche Lust redete ihm ein, die geringsten Aufgaben für die größten anzusehen. Er brauchte seinen Wald mit allem Getier, das darin hauste.

Aussichten, denen ich skeptisch entgegensah. Mich interessierte der Wald herzlich wenig, noch weniger Rehwild oder Fuchs. Ich ging nicht einmal gern im Wald spazieren.

Zu dunkel, zu feucht, zu schwer fürs Gemüt.

Nach einigen Tagen in Waldshut wurde mir die Hütteneinsamkeit zur Gruft, der geliebte Mann mutierte zwischen seinen Hochstämmen zum Rübezahl, dessen Zärtlichkeiten ich dann mit dem traulichen Streicheln von Tannennadeln im Nacken verwechselte.

Doch kaum saß ich wieder im Zug, träumte ich von schwarzen Baumkronen, weißen Ricken, hatte den Duft des Mannes in der Nase, eine Mischung aus Waldmeister, Badesalz und Sehnsuchtsöl. Wollte sofort retour, fuhr jedoch strikt geradeaus in die Stadt, die Rufus so gern mein Lügenbabel nannte. Zu viele Menschen auf engstem Raum, sagte er, zu viele falsche Bewegungen und gefälschte Wesen auf jedem Planquadrat und falsche Reden in jedem zweiten Mund. Ich vermisse meinen Schatten im Wald, erwiderte ich. Rufus malte ihn mir mit Kreide an seine Tür.

Am 2. Juli kam ich abends in Waldshut an. Zermürbt vom endlosen Bahnfahren, Umsteigen, Warten, halb schlafend, verdreht, auch zerzaust und zerfasert. Es regnete. Ich vermochte vor Müdigkeit kaum den Regen als wohltuend zu empfinden.

Sah die kleine, adrette Schwarzwaldstadt, zauderte und presste die Koffer an mich, als würden sie mir gleich wieder entrissen. Lief erregt, aber zielstrebig zum Güterbahnhof, erkundigte mich nach dem Eintreffen des Bernsteinschen Gemäldes. Es war eingetroffen. Ein Blitz erhellte die Station. Ich nahm es in Empfang. Ich durfte es mitnehmen, es gehörte mir. Der Amerikaner hatte es mir nicht abgejagt, er hatte es nicht unterwegs abgefangen, wie ich es mir zwischendurch auf der Fahrt immer wieder ausgemalt hatte.

Minuten später verließ ich mit meinem umfänglichen Gepäck den Bahnhof, wieder Minuten später brachte mich ein Taxi hinaus aus der Stadt in den Wald.

Die Hütte lag dunkel in der Dämmerung. Aus dem Wald stieg der Duft öligen Harzes. Ich war angekommen.

Die Tür war verschlossen, und der Mann, dem ich mich an den Hals werfen wollte, ließ sich nicht blicken.

Ich fragte den Taxifahrer nach dem Datum. Es war der 2. Juli, unser Tag, unser Abend. Der Chauffeur lud das Gepäck an der Haustür ab, das Taxi fuhr davon.

Der Türschlüssel würde wie immer im Starkasten an der Eckfront des Hauses liegen. Unzählige Male war ich angekommen, ehe Rufus da war, und ich hatte das Haus aufgeschlossen, Licht gemacht und die

Fenster geöffnet. Dann sah ich den Jeep, massig an der Rückfront zwischen den Bäumen stehen.

In diesem Augenblick trat der Jäger aus dem Zwielicht, eine Sekunde verging, dann schloss er mich in die Arme. Das vertraute Zittern erfasste meine Glieder, stummes Entzücken vertrieb Müdigkeit und Stumpfsinn und die Misslichkeiten einer langen Reise.

Ich spürte den geliebten Leib an meiner Brust, roch den würzigen Atem des Mannes wie einen frischen, jungen Wind, nach dem ich mich schon so viele Jahre verzehrte. Stumm gingen wir ins Haus. Josys Bildnis stellte ich gegen den Waffenschrank im Flur. Rufus drehte alle Lichter an und sagte: Willkommen, Feline.

In seiner Stimme, die ich besser zu kennen glaubte als meine eigene, schwang ein mir unbekannter, rauher Ton. Rufus ergriff meine Hand, betrachtete sie, wendete sie und ließ sie sinken.

Sein Gesicht verriet eine gewisse Anspannung, die Wangenmuskeln vibrierten, auf seiner Stirn war die dunkle Ader zu sehen, was ganz selten vorkam.

Seit wann bist du zu Haus, Rufus?

Er antwortete nicht gleich, trug stattdessen den Koffer, in dem sich die Urne befand, in mein Zimmer.

Ich bin gestern Nachmittag in Stuttgart gelandet, von Sofia über Budapest und Wien kommend. Er lachte. In vier Tagen muss ich nach Manitoba zum Schlachtfest auf Schwarzbären. Mein Abschied von der Großwildjagd, sagte er trocken.

Ich umarmte ihn von hinten. Er machte sich steif, wurde hölzern, löste meine Arme von seinem Hals, nahm meine Hand und führte mich in die Wohndiele. Der Tisch war gedeckt.

Ich muss mich erst ein bisschen frisch machen, sagte ich. Meine Reise von Padua hierher war so lang, so umständlich.

Weil du dich weigerst zu fliegen, rief er mir nach.

Im Badezimmer kamen mir die Tränen, die alte Feline sah im Spiegel ihr aufgeregtes, erwartungsvolles Gesicht, als wär die Zeit einen Augenblick lang stehen geblieben, die Zeit vor zwanzig Jahren.

Aber der Jäger war plötzlich viel älter geworden, er fiel vom Fleische, wie meine Mutter früher sagte, wenn jemand ganz unerwartet abgemagert war. Die schöne, herbe Festigkeit des männlichen Leibes schien geschwunden, wie verbrannt. Ich entwirrte mein Haar, wusch die Hände, legte eine Prise Puder auf und zog die Lippen nach.

So war es meistens. Der Abend unseres Wiedersehens, diesmal nach einem Dreivierteljahr, gehörte den Augen, den Blicken, dem Viererspiel der Hände. Verwundert sahen wir uns beieinander, vor drei Tagen noch undenkbar. Die Sehnsucht hatte sich erfüllt.

Der erste Abend wurde ein langer Abend in der Diele. Wir tranken Rufus' Lieblingswein, einen Trollinger, aßen vom runden Schwarzwälder Laib, kauten Schinken, Käse und geräuchertes Ren, Rufus liebte dieses verdichtete, magere Fleisch des halbwilden Tieres aus Lappland. Wir zerkrümelten Brotscheiben und sprachen nicht viel. Neuigkeiten hoben wir uns für den Tag auf, für die Tage, die vor uns lagen.

Nach Mitternacht sanken wir benommen in die Kissen. Unsere alte Liebe kroch über unsere Leiber, flüchtig waren unsere Aufwallungen, sentimental die Küsse, die wir einander zufügten. Dann trennten uns der Schlaf und die Gewissheit, morgens zusammen aufzuwachen.

Der Jäger war früh auf den Beinen. Im Morgengrauen zeigt sich schon der ganze Tag, sagte er. Das kommende Licht, die Windrichtung, das Wetter. Im Morgengrauen kommen die Tiere von ihren Schlafplätzen, sie sind die Ersten, die den Tag begrüßen.

Ich hörte die Tür ins Schloss fallen, spürte den scharfen Luftzug, der durchs Haus ging, und blieb liegen. Setzte den Mann wieder zusammen, der halb aufgelöst neben mir geschlafen hatte.

Seine Magerkeit erschreckte mich, seine eingesunkenen Schultern, die heftig hervortretenden Sehnen an Armen und Beinen, das leise Zucken in den Mundwinkeln. Die Operation am Herzen war für den September vorgesehen, in der kühleren Jahreszeit. Aber seine Magerkeit rührte nicht vom klappernden Herzen.

Auch Rufus würde nie von den Unpässlichkeiten oder Krankheiten sprechen. Wie Cornelia lehnte er es ab, die Gebrechen, die das Älterwerden mit sich brachten, zu erwähnen. Er mochte keine Leidensgeschichten. Der geplante Eingriff war eine notwendig gewordene Korrektur, die Anfälle, Angstzustände und Erschöpfungen steckte er weg.

Als die Sonne durch den schwarzen Tann ins Fenster auf mein Kopfkissen blinzelte, stand ich auf. Der nächtliche Regen hatte einen samtenen Schleier über die Bäume geworfen. Ich tappte in die Küche. Rufus hatte vor dem Hinausgehen Kaffee aufgebrüht.

Dann packte ich den Koffer aus, stellte die Urne auf ein Tischchen am Fenster, breitete das schwarze Tuch über sie. Cornelia im Feinschnitt des Morgenlichts, eine sanfte, runde und feierlich anmutende Silhouette.

Rufus stand plötzlich hinter mir. Du hast sie getötet, sagte er.

Sie oder ich, entgegnete die alte Feline.

Dann wandte ich mich um, weich, nachgiebig, als hätte ich seit langem darauf gewartet, diesen Satz zu hören.

Rufus sah mich mit schmalen Augen an, die Sonne stach ihm ins Gesicht.

Sie diktierte, flüsterte er.

Bis zum Schluss, sagte ich. Aber woher weißt du es, Rufus, niemand weiß es, niemand ahnt es. Ich habe zu keinem Menschen darüber gesprochen.

Rufus nahm mich am Arm mit hinüber in sein Büro. Der Bildschirm flimmerte, er schaltete ihn ab und zeigte auf den Schreibtisch.

Cornelias Abschiedsbrief lag da in Kopie, meine Kopie, die ich ihm nach der polizeilichen Untersuchung des Originals hatte zukommen lassen. Neben der Kopie eine weitere Kopie.

Die Kopie hat mir Cornelia vor einem Jahr geschickt, sagte er. Ich habe sie damals datiert. Euer Spiel zu Pfingsten vor einem Jahr. Wer schreibt den schönsten Abschiedsbrief, den kürzesten, den schmerzlosesten. Leider hat Cornelia deinen Abschiedsbrief damals nicht kopiert. Sie schrieb mir, du hättest ihn vor ihren Augen zerrissen, Feline. Es hat sie sehr amüsiert.

Ihr Original habe ich irgendwann an mich genommen, sagte ich, sie hat es nicht bemerkt. Für sie war der Abschiedsbrief nur ein Spiel, gespielt, vergessen, neues Spiel. Sie wollte Schluss machen. Das neue Spiel hieß Schluss machen. Ein Jahr nach dem Abschiedsbriefeschreibenspiel war das nächste Spiel dran, das Schlussmachenspiel. Die Alten müssen Schluss machen, hat sie gesagt. Sie sprach nur noch davon, Schluss zu machen. Ich sollte auch Schluss machen. Sie schlug vor: Wir erschießen uns gegenseitig mit einer Waffe. Sie war irre geworden. Hielt mir den Revolver auf die Brust. Es war kein Spiel, Rufus, das Ding war geladen und entsichert. Ich entriss ihr die Waffe, wollte sie aus dem Fenster in der Emser Straße werfen. Sie drohte, drängte mich vom Fenster weg und presste mich gegen die Wand, versuchte mir den Revolver wieder zu entwinden. Ich konnte unter ihr hindurchschlüpfen. Sie war wütend, außer sich, warf sich auf den Diwan, beschimpfte mich. Sie beschimpfte mich immer sofort auf das gemeinste. Da bin ich zu ihr, habe den Lauf des Revolvers an ihre Schläfe gesetzt und habe abgedrückt. Es gab nicht einmal einen Knall. Warum gab es keinen Knall, Rufus? Danach habe ich in der Wohnung alles so arrangiert, wie sie es mir zigmal vorgespielt hatte. Sie diktierte weiter, weiter, sie diktiert bis heute, Rufus.

Wir liefen hinaus in die Diele zum Waffenschrank. Ich riss die Verpackung von Josys Bild. Die alte Feline geriet wieder in jene Erregung, die sie in der Nacht zum Pfingstsonntag verspürt hatte, die sie befähigt hatte, die Jugendfreundin, die einzige Zeugin ihrer Jugend, die Tyrannin ihrer Jahre in die ewigen Jagdgründe zu schicken. Aus Verzweiflung vor ihrem Hochmut.

Das Doppelporträt starrte den Jäger an aus seiner leuchtenden Finsternis. Er wandte sich mit zusammengekniffenen Augen ab.

Cornelia hat es im letzten Sommer in Auftrag gegeben, ohne mein Wissen, sagte ich, ohne mich zu fragen. Nur zufällig habe ich davon erfahren. Cornelias später Gruß oder ihre Rache.

Rufus eilte in mein Zimmer, kam mit der Urne zurück. Bringen wir sie zur Ruhe, Feline, sie soll endlich ruhen und uns Ruhe geben.

Rufus schaufelte hinterm Haus, zwischen den Tannen ein Loch, ein Grab, ein Urnengrab. Während er schaufelte, redete ich.

Ich redete wie eine Maschine, redete über unsere frühen Jahre, die Jahre vor Rufus. Lensky kam darin vor, die Katastrophe mit Lensky. Cornelias Unterwerfung und Lenskys Ende. Ich ersparte mir nichts, ließ nichts aus, ersparte Rufus nichts, ließ die Freunde antanzen, ersparte den Freunden daheim nichts, Cornelias Freunden. Cornelia schlug Breschen in meine Rede, ich hörte sie lachen, als wir die Urne ins Loch versenkten, das Tuch über sie breiteten und Erde aufwarfen, Cornelia endlich, endlich begruben, sie zur Ruhe setzten.

Rufus brachte mich ins Haus. Die Knie knickten unter mir weg, Ströme ergossen sich über mein Gesicht. Ich weinte, wie ich seit Jugendjahren nicht mehr geweint hatte, ich weinte mir die Seele aus dem Leib.

Später hörte ich Rufus sagen, dass ihn die Polizeidienststelle in Waldshut kürzlich aufgefordert habe, die Makarow abzuholen. Der Fall Cornelia Findeisen sei abgeschlossen. Es konnte nachgewiesen werden, dass die Waffe widerrechtlich in die Hände der genannten Person geraten ist. Die Waffe geht nach eingehender Prüfung aller Umstände an ihren Besitzer zurück. Ich werde die Makarow nicht zurücknehmen, sie liegt mir nicht gut in der Hand. Außerdem hat sie einen Defekt, so steht es im Bericht der Ballistiker. Der Schalldämpfer ist geborsten und die Abzugsfeder nach dem Gebrauch zerbrochen.

Davon verstehe ich nichts, sagte ich.

Rufus nahm meine Hände in die seinen und hielt sie fest.

Zweimal wurden wir noch wach, dreimal gingen wir im Wald spazieren, saßen in einer Lichtung, umgeben vom Sommer, umgeben von schwarzen Bäumen und angenehmer Wärme. Es kam niemand, der mir Handschellen anlegte. Zwischen uns lag ein Grab, lag eine alte Geschichte, aus der wir weder mit gutem Willen noch mit Liebestaten herausfinden würden. Die unbeschwerte, heimliche und alte Liebe war gestorben. Als wir uns trennen mussten nach drei Tagen, fiel mir auf der Bahnfahrt nach Berlin ein, dass ich Bianca, die weiße Ricke, nicht gesehen hatte. Und zwei Tage nach meiner Rückkehr in die Stadt brachte mir die Frachtpost das Doppelporträt von Josy Bernstein, aufgegeben in Waldshut, mit einem Gruß von Rufus: Adieu, Feline.

Drei Wochen später erreichte mich eine Nachricht aus Winnipeg, Manitoba.

Rufus Findeisen war in den Cormorant Forests bei einem Jagdunfall tödlich verletzt worden.